时空之门

赵昱琪　著

中国海洋大学出版社

·青岛·

图书在版编目(CIP)数据

时空之门 / 赵昱琪著. —青岛:中国海洋大学出
版社,2016.7 (2018.11 重印)

ISBN 978-7-5670-1222-6

Ⅰ.①时… Ⅱ.①赵… Ⅲ.①长篇小说—中国—当代
Ⅳ.①I247.5

中国版本图书馆 CIP 数据核字(2016)第 192644 号

出版发行	中国海洋大学出版社			
社　　址	青岛市香港东路 23 号		**邮政编码**	266071
出 版 人	杨立敏			
网　　址	http://www.ouc-press.com			
电子信箱	cbsebs@ouc.edu.cn(选题投稿信箱)			
订购电话	0532—82032573(传真)			
责任编辑	乔　诚		**电　　话**	0532—85901092
印　　制	日照日报印务中心			
版　　次	2017 年 1 月第 1 版			
印　　次	2018 年 11 月第 2 次印刷			
成品尺寸	140 mm×203 mm			
印　　张	4.75			
字　　数	120 千			
印　　数	1—3000			
定　　价	25.00 元			

忽然之间

天空中 而我在

写在前面的话

——赵昱琪《时空之门》一书代序

　　打开《时空之门》，有如走进散发着奇异光芒的世界，一颗跳动的心跟随着情节的曲折变化而辗转翻腾。是过去，是现在，还是未来？让人在扑朔迷离的故事情节中无法自拔，开始怀疑自己也已经穿越了那扇时空之门。

　　小作者是一位热爱自然、热爱生活的孩子，因此她笔下的每一位主人公都活灵活现。书中每个孩子都正义、勇敢、善良，都是小作者自身品格的再现。他们团结，互帮互助，在面对危难时毫不畏惧；他们齐心协力，在被困险境时敢于尝试；他们心中有爱，他们诠释着爱的力量，他们为保护家园而不惜牺牲。在梦境与现实中穿梭，他们从未感到恐惧，他们追寻灵魂深处的呼唤，带着梦想的翅膀飞翔。我们有理由相信小作者也一定会实现自己的理想，体现自身的价值。

　　我们很期待有一天，世界的每个角落都有爱相伴，有真诚、温暖在身边。读过此书，收获颇多，宛如看到一盏明灯照亮整个世界。请打开时空之门，随我一起走近小作者的心灵吧。

青岛大学附属中学校长

2016 年 10 月 10 日

请慢慢推开"时空之门"

> 每一个少年的心中都有一扇门：有的永远锁着，有的
> 虚掩着，还有的已经被推开。
>
> ——题记

每一个少年的心中都有一个英雄梦。青春的力量足以穿越时空，让做梦的翩翩少年突破阻隔进入一个新世界，创造一种新奇迹。赵昱琪爱做梦，听风能写歌，听雨能作诗。在梦想与现实的过程中，和很多青少年一样，往往也会被困难阻拦，会向现实妥协。但心中的英雄梦从未动摇。她处在一个渴望英雄出现的年代。有志不在年高，英雄不问出处，赵昱琪是其中一个。战场在心中，手握笔墨自由驰骋。为此，她把自己心目中的"英雄"塑造得玩世不恭又豪情满怀。正如文中的正义少年，亦如她，优秀的关键不是能力，而是自我的目标感。少年的初心是什么？是有梦想，又能为梦想中未知领域锲而不舍地探索。

从一个孩子变为成年，只需要时间；从成年回归儿童，需要的是爱做梦的智慧与勇气。回归不是倒退，而是登向人生的极致。

每一个少年的心中都藏有一份情。十三四岁的少年，青春萌动，对师长有敬仰也有抵触，对同伴有爱慕也有厌烦，对未来有憧憬也有畏惧……此情可长可短，或浓或淡，亦庄亦谐。在书中，我们能看到这些情感的影子。渗透在字里行间的是作者对这一份份情感

的解读与诠释。这就是这个年龄阶段的个性与属性,自由张扬又青涩可爱。这份情是在被尊重与呵护之下珍藏心中伴随着孩子一起长大,还是被贴上标签永远封存,这是成年人的课题。多年之后,孩子能否找到当年的这份情感?我们不得而知。没有残缺的教育便没有残缺的学生。时间可以让很多事情变得满目全非,也同样可以让一些情感在生命里贮存得更真,比如想念,比如爱。

此书,文笔不乏稚嫩之处,甚至不少难以自圆其说之处,但正是这些才显得可贵与可爱。可爱比完美更美。

每一个少年的心中都有一扇门。有的门永远锁着,有的门虚掩着,还有的门已经被慢慢推开。锁着的门让我们无法看到背后的故事;透过虚掩着的门可以聆听到传来的声音;只有用心慢慢推开心灵之门,才会领略到从未预约的精彩。感谢赵昱琪同学愿意带领我们穿越时空,推开"时空之门",回到此地与彼地,青春与暮年。

该书以"探险、遇险、脱险"为线索,以某段历史事件为背景,加之特有的天马行空的想象和精彩纷呈的逻辑与事实,让读者耳目一新。希望我们能打开"时空之门",去接触从未见过的部落,去聆听从未听过的奇异故事,去见证一段段成长的足迹。

推开那扇门,从翩翩少年走向谦谦君子。

是为序。

刘佳佳

青岛银海学校国际部小学、初中校长

2016 年 10 月

目　录

一、令人哭笑不得的相遇

在到机场的路上,凌茜隐隐约约觉得有些不对劲,仔细回想了整个过程,却并未找出来由。"算了,等会儿再想吧。"

凌茜托运完行李,刚走到贵宾室,就听见一群人在尖叫,心里那种不安感再次变得强烈。

"啊,你看,好帅啊!""对了,我想起来了,他是前段时间上过报道的那个男生,才十三岁就击败了市里最厉害的那个教练。""就是就是,他还在全国比赛中拿过奖呢!"

凌茜听到旁边几个人的议论后,踮脚一看,人群中有一个少年被围得严严实实,双手护头,企图从人群中突围出去,奈何周围围得里三层外三层,越挣扎越吃力,处境反倒更加窘迫。

"无聊!"凌茜喝着买来的冰咖啡,就近找了个位置坐下,准备思考一下接下来的行程。虽然爸妈不在,但是自己毕竟也不是第一次出国,多少有点经验。不懂泰语,可自己自小在美国长大,用英语交流应该也不是问题。先去曼谷,参观大皇宫,再到玉佛寺……

"啊……"人群中传来一阵尖叫,凌茜的思绪被打断了。抬头一看,原来是粉丝过于疯狂,纷纷争着合影、要签名,左推右攘,把少年挤倒在地了。

凌茜皱了一下眉,抬起手腕看了一下手表,快到登机的时间了。再回头一看人群,少年仍然被困在人群中,不堪其扰。

"各位,登机时间快到了,赶紧收拾一下准备登机吧。请注意维护机场秩序。"凌茜站起来,大声对那群人喊道。话一出口,凌茜都有些后悔,不知能否控制住那群疯狂的粉丝。所幸人群听到声音,明显一愣,少年趁此机会冲出了人群。

粉丝们刚缓过神，少年已经冲出人群将近十米。大概觉得是相对安全了，少年猛地停住，一转身，对人群深深地鞠了一躬，郑重地说道："谢谢各位的厚爱，本人准备登机，下次再会。"说完，少年直起身，扶正了头上的棒球帽。

见少年如此，粉丝们也不好意思继续围堵，纷纷作别散去。少年长吁了一口气。这才留意到一旁的凌茜，见凌茜也正在看自己，不由得一吐舌头，微耸下肩，做了一个无奈的动作。

凌茜也报以一笑，换了个姿势，带上了耳机，斜靠着沙发继续喝着咖啡。

少年随即转身离开，不料只是转个弯买了杯可乐，又走了回来，紧靠着凌茜坐下。凌茜心里虽有点诧异，但仍然将手提包往自己身旁挪了一挪，继续思考旅游的行程安排。

少年换了几个姿势，几次将头转向凌茜，又转了回去，欲言又止。终于，少年将头转向凌茜，摘下拳套，擦干汗水跟凌茜说："刚才谢谢你啊，我只是拿出了拳套，就有人认出了我，没想到造成这么多困扰。"少年顿了一顿，继续说道："作为报答，我请你吃饭吧。哦，对了，我叫朗尼，你呢?"凌茜转过头，迎面一脸灿烂的笑容。

"我叫凌茜，不好意思，我没有时间。"凌茜盯着朗尼一脸的"谄媚"，一句一顿地说道。

"哦，没事，那就算我欠你一个人情好了。"朗尼将杯子中的可乐一饮而尽，然后打开了话匣子，"打拳很辛苦的，我每天都得训练两个小时，要是碰到周末……"

凌茜一边听着，一边暗自调高了耳机的音量，脑袋开始放空。

"有一次因为训练过度，胳膊都……"随着音乐的起伏，朗尼的声音有一搭没一搭地传进耳朵。虽然如此，凌茜还是出于礼貌，不时地点点头，附和着朗尼。

朗尼似乎并没有察觉到凌茜在敷衍，依旧絮叨个不停。

大约过了十五分钟，就要登机了，凌茜从包里找出护照和机票，

向身旁还在自言自语的朗尼欠了欠身,小声说了一句"抱歉,下次再会",头也不回地排到了登机的队伍中。

上了飞机以后,凌茜刚找到座位,还没坐下,肩膀就被轻拍了一下,耳边响起了熟悉的声音:"嗨,大恩人,好巧啊,又见到你了啊!"

这声音好熟悉,等等,好像刚听过……凌茜一回头,果然是朗尼,明显一愣,"嗨,好巧啊!请多多关照。"说完,凌茜继续收拾自己的东西。

"那当然,男生自然该多多照顾女生……"朗尼再次开启了话痨模式,凌茜暗自叹了一口气,看来这趟旅程是不能安静了。

等凌茜收拾完一抬头,一张等待了许久的脸顿时凑了上来,吓得凌茜往后一退,差点被往来的阿姨绊倒,幸好朗尼手疾眼快,一把拉住了凌茜。凌茜刚站住,呼吸尚未稳定,便连忙跟那位阿姨道歉,转身又问朗尼:"你怎么还在这儿?朗尼,你的座位呢?"

"喏。"朗尼指了指凌茜右边的位置,"我这不一直在等你收拾东西嘛,我坐这儿。"说完,一把拿起凌茜的行李,放进了行李舱。

"哎!"没等凌茜说出声,行李箱就被朗尼放进了行李舱。"我的书还在包里没拿出来呢……"凌茜小声嘀咕着。

"你说什么?"朗尼似乎听见了什么,一边放行李,一边问凌茜。"没什么。"等朗尼坐下后,凌茜也坐下来,心里琢磨着:"朗尼看起来蛮不错,要是有机会没准会成为好朋友。"

"不好意思,不好意思,麻烦让一下。"这时,一个跟凌茜年纪相仿的男孩火烧眉毛般一屁股坐到了凌茜左边的座位上,男孩的书包挂钩勾住了凌茜的耳机,"啪"的一声给扯了下来。

"啊,我的耳机线……""哎?你不是三班的狄克吗?"还没等凌茜说完,就听见朗尼的声音从一旁传来。

"你是……朗尼……?"狄克看着眼前较面熟的男孩,试探着问道。

"嗯,交个朋友吧。"朗尼伸出了手。

"对了,你去泰国干什么?"朗尼问道。

"我是去找我爸爸妈妈的,他们出差了。他们从出差地会直接去泰国,我自己就先过去度几天假等他们。"狄克一边整理行李,一边回答道。

"嗯……那你有没有兴趣去看我打拳击比赛?就一上午。"朗尼继续问道。

"嗯……好吧。"

朗尼和狄克断断续续地聊着,这可苦了凌茜,她坐在朗尼和狄克中间,却参与不了两人的话题,只好借口上厕所,方便他俩聊天。

凌茜回来后,点了一杯咖啡喝了起来,还帮狄克和朗尼也各要了一杯。

朗尼刚刚接过冰咖啡,一不小心打了个喷嚏,手一滑,将咖啡和冰块一齐泼向了正准备坐下品尝咖啡的凌茜。

朗尼揉了揉鼻子,还不知道自己刚才犯下的"滔天大罪",正当他举杯要喝咖啡时,却发现杯子竟然是空的。这时,纳闷的朗尼突然看见凌茜身上洗过"冰咖啡澡"的裙子,顿时一愣,转头又瞥见在一旁完全吓呆了的狄克。狄克指了指地上的咖啡和冰块,做了一个打喷嚏的动作并指向了凌茜,又用手指在脖子上轻轻一抹,便由之前的吓呆转成了幸灾乐祸。没想到,凌茜竟然原谅了朗尼,朗尼很吃惊,不过他还是半信半疑地接受了这个美好的事实。

凌茜一边用纸巾擦拭着裙子上的咖啡,一边想着怎样教训一下这个笨手笨脚的男生。

不一会儿,一个"邪恶"的念头就在凌茜的脑海中慢慢成形了。

她淡定地去饮水间倒了半杯可乐和一杯鲜红的番茄汁,又向可乐中掺兑了橙汁、西瓜汁、葡萄酒、红酒等好几种饮品。凌茜拿起杯子转身刚想离开,又回过头,将番茄汁倒掉,换成了和另一杯一模一样的东西。

再次确认两杯混合液体看起来和普通的可乐没什么区别后,凌

茜拿着杯子淡定地朝朗尼走了过去。

"给你!"凌茜将左手边的杯子递了过去。

朗尼犹豫了一下说:"我要右手的那杯,那杯看起来少,我不怎么渴。"见凌茜明显一愣,朗尼心中窃喜,冲着凌茜扬了扬嘴角。

"唉……"凌茜无奈地摇摇头,"被你识破了。"说着将右手边的杯子递了过去。

"嘿嘿嘿,我就知道你不会放过我。"为了避免刚才的悲剧再次发生,朗尼小心翼翼地接过杯子。

信心爆棚的朗尼毫无防备,喝了一大口,随即意识到不对劲,可是嘴里还含着一大口"可乐",喉咙里只能发出"呜呜"的声音,用手指了指凌茜,便不顾一切地冲向了厕所……

狄克默默地看着,望了望朗尼狼狈的背影,不由得咽了一口唾沫。

"你要不要也来一杯?"

"不了……我自己去……"狄克赶紧摇了摇头。

"算你聪明,等着瞧好戏吧!"凌茜得意地一笑。

趁朗尼还在厕所漱口的时候,凌茜迅速戴上耳机,拿着剩下的那杯"可乐",仿佛什么也没有发生似的看起了电影。

过了很久,朗尼才回来,还没等坐下,就气呼呼地对凌茜说道:"算你狠! 咱们俩算扯平了。"

"早就知道你会选另外一杯。怎样? 这杯在这呢!"凌茜抬了抬手,冲着朗尼"无邪"地一笑。

"我喝不到,你也别想喝到。"受了刺激的朗尼趁着凌茜不注意,一把抢过凌茜手中的杯子,猛地就往嘴里灌。

"啊……"这次朗尼可没忍住,"可乐"顺着嘴角流了下来,"算你狠!"朗尼再次手忙脚乱地跑向了卫生间。

"你……"狄克这次真是被凌茜吓着了,话刚出口,随即又捂住了嘴。

"怎么?"凌茜一边望着卫生间,一边问道。

"没什么,没什么,我什么也没说……"语无伦次的狄克急忙解释。

"放心,我不会对你怎样的。"凌茜倒是一脸坦然,"你看,第二次可不怪我。"

狄克挪了挪身子,一边点头称是,一边心里暗自嘀咕:"可得千万小心,不能惹这位姑奶奶。"

有了上次的经验,朗尼很快就回来了。他坐下来一言不发,心里却不由得开始盘算,如何报复对方。但转念一想,如果再得罪了这位大小姐,不知道自己还会受到她的什么恶搞。对方先是利用了自己愧疚的心理,设计了第一杯"可乐",随后又利用了自己作为拳击手必然会具有不甘认输的心态,设计了第二杯"可乐",还把责任推得一干二净。如果自己再出手,恐怕下场更惨。大丈夫能屈能伸,还是算了,毕竟自己有错在先。

"您好,请填写您的入境卡。"乘务员温柔地叫"醒"了朗尼。

朗尼看到旁边的狄克和凌茜正在奋笔疾书,自己也拿起笔写了起来。

写完之后,朗尼起身去倒了三杯果汁,小心翼翼地捧了回来,一人一杯。

凌茜倒是大大方方地选了一杯,一口气喝了半杯。

狄克目睹了刚才发生的一切,迟疑着不敢接,盯着凌茜看。

"放心吧,我可没加乱七八糟的东西。"朗尼特意盯了一眼凌茜。

"我们和好吧,我知道错了,心服口服。"看着凌茜喝完了,朗尼赶紧讨好地说。

"好。"凌茜爽快地答应了。

朗尼居然有些不敢相信,又再次确认了一遍,才放心地坐下了。

"那你也去看我的比赛吧,狄克会去,我给你们贵宾票。"朗尼小心翼翼地试探,又急忙给狄克一个眼神。狄克正喝着果汁,赶紧放

下杯子,配合着朗尼点头称是。

"嗯。"

对方没有拒绝,朗尼终于放心了。起码下飞机前自己很安全。

三人无话,都慢慢地入睡了。

第二天一大早,凌茜告别了朗尼和狄克,继续自己原定的行程。狄克陪着朗尼去了建在曼谷郊区的比赛场馆。狄克正在为比赛的朗尼加油助威,忽然注意到馆内进来了一群人。狄克数了数,总共七个人。虽然他们都身着黑色便衣,戴着面具,看起来与场馆内其他观众并无什么不同,但通过神情动作就能将他们从人群中识别出来。

七人对正在进行的比赛丝毫没有兴趣,一直站在门口巡视着什么。

"不好意思,各位,由于电路的原因,场馆这边的供应设施出了一些问题,比赛将推迟,今天就到此为止了,请各位谅解。"广播里传来通知,观众席上传来一片嘘声,人群开始躁动,纷纷准备离场。

狄克的目光一直跟随着那几人,他们逆行穿过沸腾的人群,径直走向大厅的角落。

"嘿,我的表现还不错吧?这才刚热身,一点也不尽兴,下次请你看完整的……"朗尼刚从台上下来,一边摘手套,一边气喘吁吁地说道。

"等等,朗尼,情况有些不对……"狄克摘下套在手上的手摇花说道。不知道为什么,狄克总觉得这几人的到来跟比赛的中止有直接关系。强烈的好奇心促使他悄悄跟上了那群黑衣人。

虽然朗尼一头雾水,但是如果朋友来到自己的场地出了什么事,自己肯定得负责,于是也悄悄地跟了上去。他相信这个新朋友。

逆着人流行动,七人上到了场馆的二楼。花了不长时间,狄克和朗尼也得以在人群中隐藏自己。七人一言不发,直接进入了一个房间——经理和员工的办公室。

在开门的一瞬间,躲在暗处的狄克看到经理见了这群人后,立马站了起来,脸上原有的笑容也僵住了,电话也没来得及放下,显得十分慌乱。然而没过几秒,还没等这群人发话,经理就从侧门跑了出来。

七人随即跟上。

狄克更加确信了自己的直觉,悄悄地跟在他们后面下了楼。朗尼虽不知发生了什么,但此刻也明白这七人跟比赛的中止有着直接关系,于是紧跟上狄克。

然而,一到一楼,眼前的一切让两人都倒吸了一口凉气。

一楼的装修十分奇特。朗尼作为一个职业拳击手,见了各种各样的比赛场馆,可均与眼前有所不同。虽然场馆的看台是传统的环形阶梯式,但按照常理来说,一个大型的比赛场馆为了疏散人群,预防紧急事故,应该会有数道安全出口,可此场馆奇就奇在只有一道安全出口,并且出口四周均安装有镜面,无论从哪个角度看,周围发生的一切都一览无余。朗尼和狄克上下楼时还发现,装修如此豪华的场馆竟没电梯,这一切太反常了!

"是非之地……"狄克还没说完,朗尼迅速将狄克按倒在座椅背后。原来七人中有两人负责警戒,正巧巡视到这边,幸好朗尼行动够快。

"场馆电路出现了问题,随时都有可能发生事故,比赛暂时中止,请各位加紧离开。"其中一人充当了工作人员,正在驱赶观众。

透过座椅间的空隙,朗尼看到大部分游客已经退场,还有部分不满意的游客和现场的工作人员滞留,并没有见到经理和其他几个人的影子。

一旁的狄克捅了捅朗尼的胳膊,指了指朗尼的右上方小声说:"三点。"

"啊……"朗尼随即意识到狄克说的是方位,那个地方正好处于自己的视线盲区。

看到几个黑衣人只是将经理悄悄围住，并无其他举动，狄克和朗尼有些不解。

狄克指了指正在退场的其他观众，朗尼这才明白原来他们还有所忌惮。

朗尼看着狄克，心想："自己善打，而狄克善于观察和判断，但体力并无任何优势，以一敌七，胜算微乎其微。再加上四周并无藏身之所，且座椅的高度有限，连蹲着都会被别人发现，偷袭更无从谈起，只有乖乖趴着，静待其变。"狄克也看了看朗尼，又看了看自己，大概也有此意。

此刻还有离场的机会，但二人一直趴在座椅后。朗尼不走，是因为自己千里迢迢来参加比赛，一局都未结束就中止了，起码要找个说法；狄克未动，是由于敏锐的直觉告诉他，奇怪现象的背后一定隐藏着巨大的秘密，好奇心驱使他要一探究竟。默契让二人第一次有了惺惺相惜的感觉。

大概过了五六分钟，所有观众都已经离开，工作人员也被他们驱赶出去了。而这期间，经理数次想突围，都没能成功，反而被那几人越困越严实。

"啊……啊啊……"右边传来经理几声闷哼，显然，他们动手了。

"好戏就要上演了。"朗尼还有些期待。

狄克则一脸紧张，赶紧捂住了朗尼的嘴，额头上冒出了层层细汗。

顺着狄克的目光再次看过去，朗尼也惊呆了——他们有枪！

"万一他们发现了自己，难保对方不杀人灭口。"想到这儿，朗尼终于严肃起来，揉了揉眼睛。

"东西藏哪了？"为首的高个子拎起经理的衣领，朝着他的肚子又是几拳。

"啊……"经理仍然咬紧了牙关。

"说不说？我们可没有多少耐心。"另外一个人将枪抵在了经理的大腿上。

经理仍在坚持。

"嘭！""啊！"枪声和惨叫声同时响起。

朗尼和狄克终于意识到了事态的严重性。这帮人居然敢开枪。"这是亡命之徒！"二人开始为自己的安危紧张起来，狄克的手忍不住颤抖。事已至此，只能听天由命了。朗尼握住了狄克的手，示意自己还在身边，狄克反手握紧了朗尼的手，表示情况还好。

经理叫喊得更厉害了，血流如注，很快地面上便鲜红一片。

"说还是不说？"开枪的那人将枪口对准了经理的另外一条腿。

"你们要的……东西……就在刚刚比赛的擂台下面。"经理指着擂台无力地说。

"好！早知如此，何必当初！"高个子点点头，反手用枪托把经理打晕在地上。

"搬！"几个人将擂台抬起来，高个子蹲在地上捡起一个银色的盒子，"撤！"

等确认几人走远后，朗尼和狄克从座椅后出来。

"先救人吧！"朗尼说。

"等等，你看这是什么？"狄克在后面叫住了朗尼。

在经理躺倒的地方，有一个被他衣服盖住了的小盒子。

狄克打开了小盒子，里面是一颗拇指大小、造型奇特的"黑钻石"，光彩夺目，熠熠生辉。

"这……不会是那群人落下的吧？"朗尼从狄克手中接过黑钻石打量起来。

"经理可能撒谎了，他们拿到了假的。"狄克把黑钻石放进包里，拨了急救电话。

"先救人吧。"

"喂喂，醒醒，您还好吗？"朗尼从地上扶起经理，他微微睁开眼："你们……你们是谁？"

"我们是刚刚在这里比赛的选手，刚刚散场时，我们去了卫生

间,突然听见了响声,出来就发现了您,发生了什么? 我们刚刚拨了急救电话,您怎么样?"朗尼边说边对狄克使眼色。

狄克心领神会,急忙帮朗尼打掩护。

"是啊,您这伤口怎么回事? 您先别动,哎呀,救护车怎么还不来?"狄克一副"心急如焚"的样子。

"没什么,一帮带枪的混蛋喝醉了耍酒疯,我阻止他们,他们反倒给了我一枪,没事儿了,谢谢你们……"经理也没有说实话。

说话间,救护车到了,经理被送往医院。

"经理在骗我们,他在隐瞒着什么。算了,我们不要搅进去了。不过那东西还在我这呢,过段时间看看动静再说,如果将来你我牵扯进去,我们有了它,或许能帮上什么忙。"狄克摸着"黑钻石"说道。

朗尼点了点头,唯有如此了。这次事以后,朗尼开始对这个新朋友心生敬佩,觉得狄克遇事总是很有主见,思维很缜密,不像自己没心没肺。

二、潜水奇遇

朗尼决定陪着狄克来海岛等他的爸爸妈妈,顺便来海岛度个假。

在炎热的天气下,凉爽的大海是世界上最好的避暑圣地。海浪也适合冲浪,狄克和朗尼扛着冲浪板,迫不及待地穿过沙滩上的人群,飞身扑向湛蓝的大海中。水中的每一个人都像狄克和朗尼一样,玩得不亦乐乎。

昨天的惊险早被抛到脑后,狄克和朗尼在水中尽情打着水仗,浪花飞得到处都是。

一个在水中安安静静游泳的人似乎对他们的忍耐已经达到了极限。"你们闹够了没有,这里不只有你们两个人,还有别人要游泳呢!"一个穿着防晒游泳衣的少女还没有擦掉脸上的水就朝面前的狄克和朗尼吼了起来。

"哎哟,凌大小姐,幸会幸会。"朗尼和狄克一愣,随即满脸堆笑。

凌茜擦掉脸上的水珠后才看清面前的两人,"啊?怎么是你们两个!"凌茜突然有一种欲哭无泪的感觉,"我的假期啊!"

"凌大小姐,你出来度假,我们也出来度假,遇到了也不能怪我们啊!"朗尼"委屈"地说。

凌茜独来独往惯了,对于"他乡遇故知"的事儿实在提不起热情,何况他俩也还算不得故知。心想着既然已经遇到他们了,如果再闹下去恐怕假期就完蛋了,于是换了一种口气说:"既然遇见了,那走吧,一起潜水去!"

三人换好潜水的装备,来到酒店的大门口集合。

"我们是去酒店的沙滩还是去附近的岛屿潜水啊?"朗尼一边看

着手中的潜水介绍一边问道。

"去岛屿吧,那里有鱼。"凌茜也从吧台上拿了一张介绍。

三人买好了票,去往酒店的码头乘船。

船开到一半的时候,前面的海域突然起了一阵雾。

船上和三人一同前往岛屿潜水的旅客被这突如其来的雾弄得焦躁不安。

凌茜觉得有些不太对劲,便披上外套,走到船的前面去了解情况。

"快停船呀! 停船!"还没等凌茜走到甲板上,就听到前面的几位乘客高声惊呼。

凌茜快步走上前,透过一层薄薄的白雾,隐隐约约地看到船的前面大约百米处有一个旋涡。

凌茜心中一惊,想到如果按这个船速往前开,那么再过上二十秒,船就会一头扎进这个旋涡里。

"停船啊,快停船!"这几个人不停地尖叫,更有几个人忍不住号啕大哭,还有人跪在地上双手合十不停地磕头,一个冷静的人跑到了驾驶舱。

凌茜也慌了,四下望去,竟不知该做些什么,但马上又把身上的救生衣紧了紧,紧紧抓住船舷。凌茜不停地祷告,心想可能再也见不到爸爸妈妈了,心中悲痛难忍。突然间,耳边的吵闹声、哭声通通消失了。

"这次终究是躲不过了,爸爸妈妈,再见了。"凌茜终于忍不住哭了。

然而过了很久,也没有任何情况发生。等她睁开眼的时候,发现窗外的雾已消失得一干二净,船也慢慢停下来了。

她朝大海望去,发现旋涡不见了。"啊! 发生了什么?"凌茜长吁一口气,但很快就觉得事情有蹊跷,心想:"为什么海上会莫名其妙地出现一阵雾,接着就是旋涡……为什么又瞬间就消失不见了?"

周围的人都在经历一场虚惊而庆幸，根本没人注意到这点。

凌茜只好回到了船舱，把遭遇告诉了朗尼和狄克。

"你说什么?！刚才船的前面有旋涡?!"朗尼一副目瞪口呆的样子。"难怪刚才有人在哭呢!"

凌茜看到朗尼和狄克头戴耳机手拿游戏机，根本没有注意到刚才海面上发生的一切，便送给他们一个大白眼，扭头坐到了另一个位子上。

"刚才真是吓死了!""就是，幸亏船停得及时……"凌茜一边听着身边的人们议论刚才海上的事一边思索着自己的问题。

"各位旅客，您好，刚才的事情是因为天气原因造成的，现在天气已经好转，请大家放心，祝您旅途愉快。"听了广播，大家的情绪很快就稳定了下来。

"刚才发生的事绝对不是天气造成的那么简单。一个人可能是眼花，那么多人都看见了，肯定不是幻觉，究竟是哪里不对呢?"凌茜变得更加不安，心中充满了疑惑。

接下来的路程很快就结束了，船停靠在小岛的岸边，风景美得令人陶醉，大家似乎早就把刚才海上发生的事给抛到九霄云外了。

"走吧走吧，不要再想了，潜水去吧!"朗尼跑过来对还在沙滩上苦想的凌茜喊道。

"算了，就算刚才的事真的不是天气造成的，那我在这里胡思乱想也没有什么用。还是先潜水吧。"凌茜心想。"走，潜水去!"凌茜从地上坐了起来。

碧水千里，柔波万顷。清澈的海水在轻拂的微风里缓缓荡漾着，如同融化了的水晶般晶莹剔透。阳光在细细的浪花中打着旋儿，明明灭灭如星星点点的火花。暖风拂面，使人连毛孔都舒张开来。三人顿时觉得神清气爽，刚才的烦恼也一扫而光。

"啊，大海，您以广阔的胸怀等待着我们，以坦荡澄澈的眸子凝视着我们……"兴致勃勃的朗尼开始吟起了诗，一副陶醉的模样。

"赶紧走吧,大诗人……"狄克没好气地说道,"这个活宝……"

"你说什么……"朗尼非得跟狄克较劲。

"我打头,狄克在中间,朗尼殿后。"凌茜估计了下距离,迅速安排了三人的位置。

三人背好氧气罐,准备下水。

"Excuse me, may I dive together with you?"一个男孩跑过来问道。

"他说什么啊?"朗尼悄悄凑到英语好的凌茜旁边。

"他说……"还没等凌茜回答,这个男孩又发话了。"你们也是中国人啊? 我叫杰森,能一起潜水吗?"这个名叫杰森的男孩面带微笑地问道。

"你要和我们一起潜水吗? 好呀好呀,对了,你从中国哪里来的呀?"还没等凌茜和狄克考虑好,一旁的朗尼就把话接了过去。"我是朗尼,这是凌茜和狄克……"朗尼挽住杰森,和他自来熟地聊了起来。

两人从姓名、籍贯、学校聊到了兴趣爱好,最后竟然聊到了地方美食。要不是杰森注意到旁边凌茜和狄克墨一般的脸色,估计能聊到天黑。

"我觉得时间不早了,要不明天咱们再来?"朗尼有些意犹未尽的意思,想和杰森回到住所继续畅聊。

"不用,现在的天气正好,浪也不是很大,明天可不一定了哟。咱们赶紧下水吧。"耽误了大家时间的杰森似乎有些不好意思,急忙督促大家赶紧下水。

朗尼也有些不好意思,两人又客套了几番。

"我们抓紧时间潜水吧,天快黑了。"凌茜皮笑肉不笑地打断了两人的对话。

朗尼看到凌茜这熟悉的表情,想起了自己在飞机上的遭遇,立马闭上了嘴。

四人都下了水,三人位置不变,杰森来得最晚,在最后。

凌茜在水中畅游着,蔚蓝色海水的清凉浸入每一寸皮肤,没有那三个人的打扰,真是舒服啊。

一行无言,不知已游了多久。

突然,凌茜感觉前面的海水似乎有些波动,心中顿时产生一种不祥的预感。

凌茜调头往回游,向三个同伴打了一个"紧急情况"和"向上"的手势。

浮到海面,凌茜的预感仿佛得到了验证,海面四周又起了一层薄薄的雾。

凌茜心中暗想:"糟了,不会又像之前那样吧!"

正在凌茜犹豫之时,感官异常灵敏的朗尼察觉到海流的变化,一串串的气泡也从水中钻出,整片海域变得越来越寂静,就连水流声也变得越来越微弱⋯⋯

水中的鱼儿不再成群结队地畅游,此时的它们变得异常焦躁,偌大的鱼群变得支离破碎,鱼儿争先恐后地向四面八方游去。很快,周围的海域里一条鱼都没有了。

凌茜看着眼前的情况又想起了刚才船上的那一幕,惊叫道:"不好了,这里可能很快就会有旋涡!"

"快! 到前面的那片珊瑚礁避一避!"狄克招呼道。

凌茜游得最快,不到一分钟,她便站到了暗礁上。

"朗尼,狄克,杰森,快过来!"凌茜焦急的喊声传来,狄克和朗尼正奋力朝暗礁游去。

他们身后的水像被煮沸了一样,咕嘟咕嘟地冒起了泡,突然,这些冒泡的"开水"开始急速旋转,一个旋涡转眼间形成了,而且在急速地扩张⋯⋯

"快啊!"凌茜在珊瑚礁上拼命地喊叫,但也只能干着急。

朗尼努力地往前游,游到珊瑚礁附近时被凌茜一把拉了上来,接着狄克的手也抓住了珊瑚礁的一角,三人还没来得及松口气,可

怕的旋涡便开始急速地吸水。

狄克被吸力巨大的水流拽向旋涡的方向，只能用双手死死地抓住珊瑚礁的一角。

旋涡越来越急，中心形成一个深陷的黑洞，体力耗尽的狄克突然脱手。千钧一发之际，朗尼紧紧地握住了他的手臂，使出了吃奶的力气将狄克拉上了珊瑚礁。

危险解除后，凌茜看着瘫坐在珊瑚礁上的狄克和朗尼，心想："如果刚才没有离开那里，或者是往前游……"凌茜打了一个寒战，不敢再往下想了。

"不好，杰森呢？你们看见杰森了吗？他怎么没有跟上来……"狄克惊叫。

"坏了，肯定让海水给卷走了……我害了他，我应该让他游我前面，这样他就不会遇难了……"想起一个好朋友就这么消失在自己的身边，朗尼捂着脸呜咽道。

"朗尼，别多想，或许杰森让海浪给冲回岸边了，不能怪你，刚才是我催促着你们下水的，我也有责任……现在我们该怎么办？想回去也难了，不知道岸上的人有没有察觉到这边出现的状况，有没有人报警呢?"凌茜一边安慰朗尼，一边注视着海面，试图寻找杰森的影子。

三人站在暗礁上，不安地盯着前面这团神秘的雾和巨大的旋涡。

"等雾散了旋涡退去，我们再做打算吧。"狄克说。

大约过了三十分钟，雾开始渐渐地散去，旋涡也慢慢减弱了。

"走吧，我们赶紧回去吧，如果待会儿再起旋涡就不好了!"凌茜催促着两人。

"等等!"朗尼叫住了凌茜和狄克。

"你们看! 海底是不是有东西?"朗尼眯着眼向不远处望去。

凌茜转过头，也朝那里望去。

"在这里看有什么用，下去瞧瞧不就知道了。"朗尼虽然心有余悸，但耐不住好奇，纵身跳到了水里。

凌茜和狄克对视一眼，紧随其后。

轻柔的海草中有一个银色的盒子若隐若现，朗尼指了指那个盒子，示意两个同伴过去。

三人游到盒子旁边，朗尼壮着胆子捡起了盒子。

三人浮出水面，研究起这个盒子来。

盒子上面有一个钻石形状的镂空，朗尼和狄克看着这个镂空，心里不约而同地想："这个镂空的大小和昨天捡到的那个黑钻石的大小似乎一样！"

"不能这么巧吧！"二人同时惊呼。

"怎么了？"凌茜好奇地问道。

"等到岸边跟你讲，现在不方便。"狄克说道。

这时，反光的盒子衬出了一片阴沉沉的云，三人抬头向天空望去，不禁打了一个寒战，太阳渐渐被乌云笼罩，他们的船所停的位置已经开始下起了小雨。

"怎么办？我们往哪儿走？"朗尼一边把盒子收好一边问道。

"没办法了，只能先找一个地方暂时避避雨。"凌茜也十分无奈。

"我们刚才在水底待了太久，氧气罐没剩多少氧气了。"狄克回答道。

凌茜回头看了看背后的氧气管，说道："我们现在最好一直保持水面游，这样就可以保存氧气罐里剩下的氧气了，以防突发情况。"

三、通往未来之城的山洞

"快看！我们可以去那里避雨！"朗尼指着远处海岛上的一个小小的山洞说。狄克惊奇地望着朗尼,他们目前的位置离那座海岛非常远,他居然可以看得那么清楚,而且那个山洞的外表和颜色都和整座山差不多,狄克开始对朗尼刮目相看。

狄克和凌茜表示同意,事到如今,也没多少选择了。海岸隐约中也毫无踪迹。于是三人向远处的那座海岛游去。朗尼这才开始注意那座海岛的结构,发现这座海岛的边缘都高于海平线两三米,远远望去整个海岛像漂浮在海上一样。

三人游到海岛边上,想方设法爬了上去。"看来上帝还是很照顾你的,你虽然有点神经大条,但上帝还是给了你一些'特殊功能'啊！"凌茜开玩笑地说了一句。

一根筋的朗尼还傻乎乎地笑了起来,"哈哈,多谢夸奖！"

"现在你们可以跟我说说到底发生了什么吧?"处境稍微安全一点,凌茜的好奇心又浮出了水面。

朗尼便滔滔不绝、添油加醋地将昨天的经历从头到尾地讲了一遍,听得凌茜直为二人的有勇有谋赞叹。

狄克无语地摇了摇头,"你这口才,不去讲相声可惜了,你一人准能控制全场。"

"谢谢,谢谢夸奖。"朗尼这得意劲就差写在脸上了。

好不容易等朗尼讲完,狄克补充道:"这两件事可能没有什么联系,只是凑巧罢了,再说,来这里旅游的人这么多,盒子可能只是哪位游客坐船时不小心掉落的。"

"不对,我绝不相信这是巧合。也许我们摊上大事了。"凌茜的脸色逐渐变得凝重,接着凌茜给二人分析了之前在船上看到的旋涡和现在看到的旋涡,捡到的"黑钻石"和恰好能容纳"黑钻石"的盒子,种种迹象表明,这一切的背后隐藏着巨大的秘密。

"天无绝人之路,船到桥头自然直。我们还是先考虑怎么回去吧。要是能见证什么大事,也不枉此行了。"朗尼莫名地乐观。

三人到了山洞前面才发现,原来这个山洞没有刚才看到的那么小。

刚到洞口,一股寒气就迎面袭来。山洞常年不见阳光,加上海岛四面环海,洞里阴暗潮湿,杂草丛生,深处一片漆黑,看不到尽头。一种不知名的藤类植物在高高的洞壁上开着花,三人被这种花散发的奇异香气熏得有点晕头转向。

朗尼想往里走,几步下去就是一串水洼。旁边一直沉默的狄克伸手拦住了朗尼,"稍等,不对劲。"

狄克用脚蹭了蹭身旁的洞壁,露出几个血红色的字母。三人研究了半天也没弄清是哪国文字。

"不如我们把这清理一下再看。"凌茜提议道。

三人找来石块,以石为刀,小半会儿工夫,竟然清理出一大片地方来,露出了更多的石刻文字。

"这个洞好像蛮神秘的!"朗尼摸着岩壁说。

"天啊!"凌茜一声惊呼,吓得狄克趴在地上。"没出息!"凌茜白了狄克一眼,"你们看这是不是一个变形的太极图?"朗尼沿着凌茜指的方向看去,果然看到洞壁上错落的文字竟然全都刻在一块颜色格外清白的岩石上,正好呈现出一张水印般的太极图。

"天一生水,水利万物而不争。"朗尼想起以前师傅教他看太极图时说过的话,不觉诵出声来。凌茜和狄克大为好奇,以为朗尼有什么高见,却见他不过忽左忽右围着转了几圈,也没看出什么门道来。"就是个太极图,可能这里以前住过道士,我们还是别费力气了,歇歇吧。"朗尼最终总结了他仔细研究之后的心得,惹来凌茜和

狄克好几个白眼。不过他们也就剩翻白眼的力气了，经过刚才的一番死里逃生，又在这个阴森潮湿、气氛神秘的山洞里折腾了半天，三人又累又冷，凌茜接连打了好几个喷嚏。他们默默地坐在山洞里一言不发，身上的水渐渐被风吹干了，也不觉得那么冷了。

外面的雨渐渐停了，三人向外面走去，阳光明媚，要不是洞口湿漉漉的岩石，一点儿也看不出刚刚下过雨。

"糟了，我们的潜水设备不见了!"环视一周的朗尼惊慌失措地喊道。

三人马上冲出洞口，大惊失色地望着远处的一片蓝色。

"怎么办?"一向沉着冷静的狄克也急得像热锅上的蚂蚁,不安地问道。

一向神经大条的朗尼在这时迅速做出了决定:"太阳就快下山了,我们必须马上游回岸边,否则涨潮后我们将可能被困死在这个小岛上。"

说完,他就跳入了海中,示意两个同伴快跟上。

然而,现实让乐观的朗尼也乐观不起来了。之前已经消耗了太多体力,正午过后太阳逐渐西下,海水的温度逐渐降低,身为运动健将的朗尼也有些吃不消了。

回头一看,凌茜和狄克也在吃力地坚持着。

"算了,回去吧……岸边还遥遥无期呢,我们还是先回去等吧,这样游下去,恐怕还没到岸边,我们就体力不支了。"朗尼无奈地提议道。

后面两人听到,无力地点点头。三人游回了海岛,筋疲力尽地倒在了沙滩上。

太阳似乎在和他们作对,下降得越来越快。

突然,凌茜起身往后退了好几步,慌张地说道:"太阳下山后,这里会被海水淹没的!"原来凌茜在休息的同时一直在观察海水上涨的情况。

"啊,我才十几岁,我还没谈过恋爱,我连女生的手都没有拉过,我不想死啊。我爸爸妈妈就我一个儿子,他们还没抱上孙子呢……"朗尼连声哀叹道。

"得了,快消停会儿吧,有这工夫还是先想想该怎么办吧。"凌茜没好气儿地说道。

"要不我先写封遗书,告诉我妈,我床头下还藏了点儿私房钱。嗯,就这么干。"朗尼起身开始寻找石头,作书写工具。

而一旁的狄克在拿着刚才捡的盒子细细把玩,虽然在慌乱中,狄克也没忘紧紧攥住它。直觉又一次告诉他,这个小盒子不简单。

狄克不由得将手伸进衣服里,寻找着"黑钻石"。

"眼尖"的朗尼又一次瞧见了,"哎,狄克,你是不是该洗澡了,你这人好不讲卫生的,洗澡居然干搓……"凌茜听到这话,自动挪出了一米远,生怕溅到自己身上了。

"一边去,你以为都是你啊。"都这时候了,朗尼还有心思开玩笑,狄克简直有些哭笑不得。说着,便从贴身衣服里掏出昨天的黑钻石。

"咦,你好恶心,居然把黑钻石贴身放,这样谁敢偷啊!"刻着遗书的朗尼还是不忘耍嘴皮子。

"啊!"狄克一声尖叫。"刚才我把这颗黑钻石和盒子一靠近,黑钻石就被吸了上去,现在拔也拔不下来了。我不是故意的,它自己吸上去的。"狄克指着这个盒子,有些手足无措。

"等等,这颗黑钻石就是你们说的黑钻石?原来你随身带着啊?"凌茜一把夺过盒子,研究起黑钻石来。

这颗黑钻石只有拇指大小,但和别的黑钻石不同,它近看有些透明,稍微远一些看去颜色就像墨汁一样浓厚。

"我总觉得这颗黑钻石有些来历,不然昨天那几个人也不会为了它开枪伤人,放在别处我也不放心,索性贴身放着了。"

凌茜和狄克在研究盒子和钻石,并想办法将钻石从盒子上取了下来;朗尼还在一旁卖力地刻着遗书。"喂,你……你们两个,要是你们不写遗书的话,没事帮……帮我也行啊,我还有好多话没写呢。"朗尼说。

夜幕降临,海面上风平浪静。

涨潮了。

三人都知道即将发生什么。

"我们该怎么办?"朗尼率先打破沉默,一脸严肃地问。

狄克和凌茜二人都无话,谁也不知道该回答什么。

"按照潮水的上涨速度,不用五个小时,海水就会漫过海岛。"凌茜看了看手表。

"凌茜,我向你道歉,飞机上的事我确实不是故意的,如果还有机会,我愿意替你把那条裙子手洗了。狄克,你真的是一个好伙伴,如果再假以时日,我们定会成为生死之交。嘿嘿,不过也快了。"虽强带了笑容,朗尼的声音听起来却有些哭笑不得,又增加了凄惨的气氛。

"朗尼,我也要道歉,可乐的事是我做得不对,你已经道歉了,我还斤斤计较。你人好,又善良,又幽默,还仗义,要是以后,不过没有以后了,我们定能成为真正的好朋友。"

"朗尼,我体力不行,这一路还靠你多多照顾,不管怎样,我都认你这个兄弟。但愿还不晚。凌茜,你领导能力强,能照顾全局。如果以后我们能一起去冒险,还望你多指点我们两个大男生,说起来我们俩真是不好意思,让你照顾我们。现在说出来,也不觉得丢脸了,反正就这样吧。"原本话少的狄克接过凌茜的话说道,或许只有在这种状态下自己才会放松,才能将想表达的都表达出来吧。

三人相视一笑,朗尼继续刻着遗书,凌茜盯着水位,而狄克还在细细查看盒子。

一片海水漫了上来,三人在水里挣扎着,想喊却喊不出声,天空变得很可怕,彤云滚滚,堆积成城堡的样子,凌茜一个翻身跃上天空,看到大海上自己的影子,竟是手执长矛、铁衣盔甲的古代士兵形象。她看到一个人的身影渐渐消融进水里,很开心,突然一脚滑空,跌落下来,一种飞翔的失重感让她大喊起来。

"啊……"凌茜从梦中惊醒,看到狄克和朗尼睁大了眼睛望着她。"不好意思,刚才做了个噩梦……水位到哪了?"

"没事,你是过于紧张了。快到脚下了。"朗尼说道。

"你看,月亮好圆啊,我从来没见过这么圆的月亮。"凌茜不由得叹了一口气。

"以前我们总是太忙,忙着学习,忙着旅游,忙着交朋友,忙着生

活……可唯独忘了好好看看这个世界。"朗尼难得深沉了一把。

朗尼话音刚落，洞里一下子亮了起来，好像一个黑屋里突然开了灯。"天哪，我还有这种特异功能？"朗尼诧异地揉了揉眼睛。"你们看到了没？光是从那个太极图上发出来的。"凌茜的话叫醒了自我陶醉中的朗尼。"黑钻石！黑钻石也在发光！"狄克惊呼。

狄克举起黑钻石，黑钻石的亮度竟然大大增加，刺得三人睁不开眼。"我知道了，满月，是满月，是月亮的力量，我早该想到的。"凌茜有些语无伦次。

狄克将黑钻石朝向太极图想避开它的光芒，不料，黑钻石的亮度陡然间增大到极限，太极图的亮度也随之增加。狄克将黑钻石放在太极图上，随着月光渐渐照向太极图和黑钻石，太极图出现一道裂缝，裂缝逐渐变大，同时产生一股强大的吸力。

"啊……救命啊！"吸力逐渐升级，三人几乎站立不住，逐渐向洞口滑过去。"朗尼，狄克，快抓住我！"凌茜惊慌失措地大叫道。顷刻间，三人连同碎草、石块一同被卷进了裂缝中，旋转、摇摆、失重、尖叫、眩晕……

四、地球失重之谜

朗尼从昏迷中醒来，发现狄克和凌茜正躺在不远处。

"喂，狄克、凌茜，醒醒！"二人没有动静。"喂，醒醒，凌茜，你们怎么了，你们别吓我，不要啊，我们才从鬼门关走过。不要丢下我……狄克，你们醒醒……"朗尼坐在地上，号啕大哭。

"朗尼，你怎么还那么吵？"凌茜无力地抬起手。

"你醒了，太好了，太好了，我不再是一个人了……"朗尼破涕为笑。

"狄克，你别装死，你给我起来，你还不如凌茜呢。"朗尼开始上脚踢了。

"啊，别，疼，疼！朗尼，你哭啦，你又哭鼻子，哈哈哈。"狄克也醒了，看见朗尼泪流满面，笑得前仰后合。

"哪有，你脑袋撞坏了，眼花，赶紧起来。"朗尼急忙用袖子一抹脸。

终于松了一口气。三个人喘着气互相搀扶站了起来，往四周一望，之前的海不见了，取而代之的是一片新的景象，全新的建筑，远处还有全新穿着的人……

三个人晕晕乎乎地站着，全然辨不清周围的环境，只看到似乎有一群穿着制服的人向他们走来。

"完了，刚出鬼门关，就要成俘虏了。"朗尼捅了捅凌茜和狄克，让他们赶紧想招儿。然而此刻三人大脑一阵眩晕，体力还没来得及恢复，想跑却心有余而力不足，只能不知所措地待在原地。

不料那群穿制服的人并没有伤害他们，而是友好地打了招呼："小朋友，你们叫什么名字？为什么会在这里？"

朗尼抢先答道："我叫朗尼,他叫狄克,她叫凌茜……"朗尼添油加醋地将整件事情描述了一遍。

人们似懂非懂地点了点头:"哦,原来如此。"

一位穿着纯白制服的人从人群里走出来,眼神深邃,面容清峻,皮肤苍白如纸,神色凝重。他微笑着拿出几件衣服:"欢迎我们的小客人来未来时空做客啊! 你们现在抵达的是 20000 年以后的上层地球,这里地球引力很微弱,人需要穿着我们的这种制服才能行动和生活。进入未来时空的人,在一个周后会因身体器官难以适应引力变化而出现功能紊乱,机能减退而死,除非穿上我手上的'未来服'。孩子们,快穿上吧!"

凌茜和狄克犹豫不定,狐疑地对望了几下,还来不及拒绝,朗尼就喜滋滋地接过衣服穿在身上了:"怎么样,我穿上很帅吧? 你们快穿吧,穿上后果真舒服多了,一点儿都不晕了。""谢谢叔叔!"凌茜和狄克这才放心穿上衣服。

"孩子们,你们穿越的那个山洞是我们以前实验的项目,但荒废好多年了,也不知道为什么它又突然有效了。不过……"白衣人顿了顿,凝神望着空中,好像在思索什么问题。

"不过什么?"凌茜着急地问。

"我们当时是把它设在中国的一个废弃的山洞里,自从这个项目失败以后,我们就没再管它,不知道它为什么又跑到泰国来了……"

那人为他们讲述起来。

"事情发生得有些突然。12036 年,地球磁场突然开始减弱,引力发生变化,刚开始人们还为终于能实现飞翔的梦想而兴奋,但是灾难接踵而至。先是灰尘逐渐飞到空中,整个地球都是雾茫茫的一片,然后是臭氧层逐渐消失,地球的温度逐渐上升,板块运动频繁,火山、地震、海啸频发,大量的水分脱离地球的束缚逃向太空,然而更为严重的是,人类很难适应小引力的世界,早夭、病痛……人类的平均寿命开始缩短,历史上称之为'失重灾难'。人们想尽办法也没有找到灾难的起因,或许可能跟人类贪婪地过度开采和滥用资源有关,也有可能跟地核变化有关。不管怎样,原本安宁祥和的世界变得一片狼藉,不再适宜人类居住。

"于是人们对原先的临时空间探测站进行改造,终于在地球的外层搭建了一个临时空间生存站。人们在空间站中模拟了地球引力,移植了大量的土壤、石头以及植物,模拟了一个新的地球表面。虽然不能将自然引力完全还原,但起码人们不至于飘在空中,土壤水分不至于蒸发过快,并且能捕获地球散失的水分,为人类生存提供必要的水。人类逐渐适应了小范围的失重,加上特制的'未来服',终于在这个外空间站生存下来。随着迁移的人群越来越多,临时空间站越来越大,逐渐覆盖了整个地球,各种生物也逐渐迁居到这个外层空间,形成了一个新的生物圈,人们称之为'新世界'。

"就这样,人们逐渐习惯了在新世界的生活,除了科学研究和观光很少回到原先的土地上。又过了很久,事情突然有了变化,地球的引力在逐年增加,最近更是变回了原先的重力环境。

"'物竞天择,适者生存。'当初坚持留在地球表面的一小部分人类以及各种生物也产生了变异,他们成为地面世界的新主人。没有对环境的破坏,加上科学家的努力,地球生态得到很大恢复,失重逐渐得到改善,空气变得清新,大大小小的森林像雨后春笋般冒了出来,奇花异卉争芳斗艳。在这种优美怡人的环境中,人和其他各种动物的智力都得到很大发展。人变得更美丽,寿命更长久,甚至具备了一些以前没有的特异功能,如有的人经过修炼可以隔木视物,有的人可以隔千里而听音,人们可以驭气而行,从自身引气来防御或攻击敌人。人们的感官变得异常灵敏,可以敏锐地觉察对方的意图。许多熟知的生物也开始进化,外貌形体发生了改变,出现了'兽人',甚至逐渐有了灵智,可以通过特殊语言与人类实现对话。部分蛇类竟然进化得很像传说中的龙,其中也出现了人首蛇身的蛇人族,几千年间地球上产生了无数的奇异生灵。地球的生存空间是有

限的，人与动物争夺生存空间，对抗、冲突就成为不可避免的事。灵智的发展并未使人变得更理性、更平和，却使动物们日益拥有了摆脱人的统治、与人抗衡的力量。地球上逐渐分为两大派系，以白凰为首的人族和以飞龙为首的兽人族。两大派系实力相当，多年争战，损耗无数，谁也不能奈何谁。现状大概就是这样，至于白凰和飞龙，我待会儿再细细给你们介绍。"

那人一边说，一边把三人领进了一个实验室。

进了实验室，那人笑眯眯地说："对不起，都忘了自我介绍了，我是盖琦，是一名科学家，请你们跟我来。"

"现在你们能不能先帮我们一个小忙？因为从 12036 年开始，地球莫名地失去了引力，我们的身体早已发生变化，跟原先的地球人已经有了很大区别，现在的科学家们还无法将我们还原成原来的地球人，而且没有原先的地球人来模拟当时失重的具体情况，我们很难找出还原的方法。所以，希望你们能帮帮我们，让我们研究一下你们的身体结构，这样后人才能更好地与地球共存。"

神经大条的朗尼毫不犹豫地答应了："好的。"

盖琦递给了三人三对"翅膀"，说："穿上它，你们就可以飞翔了，可以在未来世界正常生活。"他把三人拉到空中，说："来，试试用意念控制它。"

"意念？人工智能已经如此先进了么？我不久前才看到科学家刚刚完成意念控制假肢的初步试验呢。"朗尼禁不住惊呼。

"不过，在你们眼里，这种大概都是小儿科吧。"看着大呼小叫的朗尼，凌茜打着圆场。

"这都是科学的必经过程。"盖琦表示理解。

三人试了一下，真的飞了起来。

"啊，好神奇啊，真好玩！我居然能飞了！"连向来话少的狄克都忍不住惊叹。

盖琦把他们带到了他的扫描室中，对他们的身体进行了一次全方位的扫描，"好了，你们身体的主要数据和基因我都已经记下来了，下面带你们参观一下我真正的实验室吧。"说完，盖琦就带着三人走进了一个更大的实验室。

"哇，好大啊！"朗尼没见过世面似的兴奋地大叫，不过不得不说，这个实验室确实很大，足足有一个足球场那么大。

"其实，现在我们已经研发出可以节省面积的四维空间了。刚才的扫描室只是一个入口，而我们现在所在的这个实验室，就是一个四维空间了。"盖琦细心地为三人讲解道。

"哇，好棒啊！"朗尼赞赏地说道。

"不错！"就连一向不太会夸奖人的狄克也发出了赞叹。

盖琦低头研究起朗尼三人的数据和基因来，凌茜和狄克见状，知趣地闭上了嘴巴。

朗尼则在实验室里蹦蹦跳跳，左翻一下，右翻一下。

"过来，朗尼，别乱动别人的东西。"凌茜小声地冲着朗尼说道。

"没关系，你们先自己参观一下吧，我稍后就来。"说完，盖琦继续埋头钻研。

"谢谢。"狄克向盖琦道了一声谢，然后就钻到一旁去研究盖琦的实验器材去了。

过了一会儿，盖琦犹豫地说："我刚刚研究了你们的身体密码和基因，你们从原始地球过来，身体比较适应下层地球，我能代表所有新世界的人请你们帮我们一个忙吗？"三人好奇地点了点头。盖琦接着说："我们现在需要返回地球家园。新世界固然好，但毕竟是人造的，随着人类的繁衍，这个上层地球承受的压力越来越大。又加上地球引力已经恢复，上层地球势必也受到这种引力的影响，这更加剧了它的不稳固性。近来我夜夜无法安眠，我真担心有一天上层地球全面塌陷，人类就要毁灭了。孩子们，幸亏上天在机缘巧合中把你们送到了我们身边，拯救上层地球人类的重任就靠你们了。亲爱的孩子们，你们愿意承担这份重任吗？"

　　凌茜三人听得热血沸腾,恨不得马上行动起来,建功立业,力挽狂澜。但转念一想又觉得盖琦把这么重大的任务交给自己未免太不现实了,我们三人哪有那么大的本事,这种事大概只有梦中才会有。三人都有种恍惚感。凌茜不禁想起自己在山洞做过的那个梦来。她使劲掐了自己一把,"呀! 好疼,看来不是在梦中。""怎么啦?"朗尼和狄克听到凌茜的叫声,忙转过头看向她。"没什么,我以为我还在做梦呢。"凌茜甩了甩胳膊。

　　盖琦大笑起来,说:"孩子们,这些事情在你们听来是有点儿离奇。没事儿,你们慢慢就适应了。你们穿越的那个太极图就是时空之门。你们现在看到的一切都是真的,人类的危机也是真实存在的。孩子们,你们肯定很奇怪我为什么将这个重任交给你们,因为你们来自原始地球,你们去下层地球比较容易适应那里的环境。再者,下层地球的生物以'气场'来分辨敌友。这个气场就是指一个人的各种思想、意识、情绪长期以来形成的一个无形的空间。它像大气层包裹着地球一样包裹着你们,像你们的呼吸一样无形无色无味却能被感知。你们这些孩子心地善良,气场很纯净,很容易化解对方的恶意。你们到下层地球去很容易取得人族和兽人族的信任,不会有太大危险。我会安排灵兽保护你们的。现在,你们认真考虑一下愿意接受我的提议吗?"

　　"哦,那我们需要做些什么呢?"朗尼似懂非懂地问了一句。凌茜点点头,表情十分凝重,感觉天将降大任于己。

　　"我们是误入未来时空,这样下去我们什么时候能回去呀?"狄克很冷静地提出了最现实的问题。虽然已经遇到了这么多惊险奇异的事,可是毕竟还是孩子,不管外面的世界多么精彩,还是会想家。听到狄克的话,凌茜和朗尼瞬间沮丧了起来。

　　"孩子们,你们只需要帮我办完这件事,我就帮你们穿越时空之门回家。不是我非要扣留你们,我现在也没有办法。上层地球人的命运可全掌握在你们手中呢。穿越时空之门需要另一幅太极图,那幅太极图现在被兽人族当作镇族之宝供着,他们不懂得它真正的奥秘,只是一味死守它,谁也无法接近。多年来,我们试图寻找与人族和兽人族平等对话的机会,可是他们不知出于什么误解,认为我们想要入侵下层地球,控制人族和兽人族,所以我们之间一直兵戎相见,毫无澄清误会的机会。而现在时间紧迫,上层地球已经开始发生变化,只有我能通过这幅太极图开启时空之门,等我们返回了下层地球,上层地球的人就可以避免灭亡的命运。到时候,我们还不知该怎么感谢你们呢,帮你们回家这种举手之劳自然不在话下。"

盖琦的任务听起来比较简单,派他们去带着准备好的特殊仪器去探测人族首领白凰的身体数据,这样上层地球人可以不费一兵一卒以此为突破口,与白凰对话,进而与整个人族实现平等对话,然后再想办法对付兽人族,一步一步返回整个下层地球。

听了盖琦的解释,三人虽有些疑惑,不知道白凰的身体密码究竟有什么作用,但是盖琦确实处处为上层地球人的命运着想,丝毫没有利己的意思,再加上盖琦寻求的是平等对话,而非直接使用武力。一旦达成和平协议,上层地球和下层地球都能和谐相处,也算大功一件。如果任务完成,盖琦确实没有控制我们的理由,加上英雄主义的驱使,经过初步商量,三人达成一致,接受了这个任务。

"手伸出来!"给了必要的装备后,盖琦将一个不知名的小设备像注射一样扎进了凌茜的手腕处。

"我现在已将探测器注入你的体内,这样方便携带,也不容易暴露。你只需要将手腕放在白凰的头部,就可以自动读取数据。注意,这是自毁装置,一旦读取数据,上传到云数据库后,自毁就会启动,这样就不会一直残留在你的体内。因此,这只有一次使用机会。"交代完使用方式后,盖琦又特地叮嘱了几句:"白凰心机很深,阴险狡诈,他虽然年轻,战斗经验却很丰富,你们要小心不要露出破绽。飞龙性格暴戾,残忍多疑,有勇无谋,让他们统治地球真是对地球的侮辱,我们一定要互相协助完成拯救人类的大业。"

凌茜抬起手腕,看到针扎过的地方隐隐约约有一个针孔,仔细地寻找,才在手腕的深处发现一个浅浅的紫点,不痛不痒。

三人似懂非懂地点了点头,不明白既然寻求合作,但为什么对白凰和飞龙保持如此大的戒备心,不管怎样,小心为上便是。

"我为你们安排了房间,你们先休息一下。"盖琦说完,转身打了个手势,让身旁的人带三人去休息处。

"请三位这边走。"那人微微屈身,做了个"请"的手势。

"好的,谢谢您。"凌茜回答。

朗尼和狄克还在盯着盖琦的实验室,大有依依不舍的样子,凌茜拽过二人。

走了大概十分钟,那人在一间豪华的房间门前停下。

"这就是盖琦先生为三位准备的房间,请进。"那人毕恭毕敬地说道。

"呃,怎么开门啊?"三人都有些不好意思,感觉像刘姥姥进了大观园,竟然不知所措,生怕一不小心就露了拙。

"没事,站在这里就好,我们刚才已经扫描过你们的身体数据,已经上传到上层地球的数据库中,这个门有智能系统,可以自动识别房间主人。"那人指着门前一小块看似透明的"地砖"细心地解释道。

"好的,谢谢您。"狄克礼貌地回答道,站在了门口。

"啊,终于可以睡觉了,好累!"朗尼开心地说道。凌茜和狄克对视一眼,无奈地摇了摇头,跟了上去。

"哇!好大啊!"朗尼开心地叫道。

正在三人好奇地参观房间时,房间里突然刮起了一阵微风。

在刮风的同时,三人头顶上方出现一个小型旋涡,这个旋涡越变越大,三人抬头向上望去。

"小心!"随着一声尖叫,站在旋涡下方正中央的凌茜被眼疾手快的狄克扑开,随后,一个方方正正的黑盒子正好落在凌茜原来站的位置。

一张卡片紧随其后地飘了下来。

凌茜捡起纸条，读道："这是你们的灵兽，会在你们遇险时起到重要的作用，帮助你们平安归来。明天上午九点半你们在房间门口等我。"

"怎么又是小盒子？上层地球的人还真怪，什么都是小盒子。"狄克想起之前的事，气都不打一处来。

"咦，这是什么？"凌茜打开了地上的黑盒子，拿起三个指甲大的小豆子。

"啊，这就是灵兽啊，这么小，上层地球人怎么这么抠啊，这小玩意怎么保护我们啊？"朗尼有些不以为意。

"或许可以变形吧，不过我们怎么让它们变形呢？"狄克的这句话也说出了凌茜的疑问。

"纸片上写着'得将它们放置在温水中4小时，这样它们才能发育完全。切记：必须一直浸泡在温水里，否则它们就会成长失败！'"眼尖的朗尼发现了在夹层中的纸条，解答了两个同伴的疑问。

"难道这是在模拟人类最初的生存状态吗？看来它们不管怎么进化，都还得从水中开始。这也算与我们的相似之处了。胎儿出生之前也是一直处于羊水环境中。"狄克解释道。

"嗯，有道理。"凌茜点点头。

"啊，好厉害！"朗尼欣喜若狂地叫道。

"哈，有了这个宝贝，我们就不用担心了！"凌茜对这个宝贝也很满意。

有灵兽帮助，再有盖琦为后盾，三人对完成任务更有信心了。三人挑选好自己的灵兽，小心翼翼地放在了温水中。

第二天一大早，三人再次查看灵兽时，发现它们都已发育完全，和昨天的样子截然不同。

凌茜的灵兽是一只蓝翼鸟，它的头顶有一只七彩鸟冠，嘴巴尖

尖的。狄克的是一只浑身蓝色的猎豹。朗尼的灵兽则是一个小巧可爱的焰尾猫。

"哈哈哈哈,朗尼的灵兽居然是一只小猫,跟朗尼的气质十分吻合呢。喵喵喵……"狄克笑得直捂肚子,还尖着嗓子学着小猫叫。

"大小姐,大姐姐,姐姐,姑奶奶,咱们换换吧。你看你那么可爱,跟这只小猫一模一样,你要是收了它,就能如虎添翼,战无不胜呢。"朗尼不屑地看了看狄克,朝着凌茜撒起娇来。谁能想到一个拳击手居然能撒娇,凌茜和狄克都快笑疯了,捂着肚子直喊疼。

"算了,不换就不换,你们到时候别求着我换,哼!"见换灵兽基本没戏,朗尼重新将焰尾猫捧在手中,细心观察起来。

宝绿色的眼球,小巧的鼻子粉嫩嫩的,加上雪白的毛发,朗尼越看越爱不释手。亲昵地摸着小猫的脑袋。

"喵!"焰尾猫非常有灵性,用额头蹭了蹭朗尼的鼻头。

"啊,好可爱。我才不跟你们换呢。"朗尼十足的"爸爸样"。

"呸。"二人表示不屑。

三人按照约定的时间准备出门,刚打开门,就发现盖琦已站在门口。

"还不错,早了两分钟。"盖琦满意地说,"对了,你们的灵兽发育好了吗? 怎么样?"

"好了,不过它们有何本领啊?"朗尼迫不及待地想看自己的焰尾猫大显身手。

"凌茜的蓝翼鸟可以自由收缩,变小的时候可以像蜂鸟一样小,变大的时候有雄鹰的两倍大,嘴里可以喷出闪电,行动速度异常快,主要负责警卫功能。狄克的蓝豹攻击能力最强,反应十分灵敏,跑起来能刮起一阵小型的飓风,可以充当副攻。而你的焰尾猫,外形可爱,攻击能力虽不如蓝豹,但它的焰火之球却可以瞬间将一棵树化为灰烬,而且奔跑速度也不错。不过这些都是预设的基本功能,更多的功能需要各自的主人根据自身能力进行开发,它们的潜力可大着呢!"盖琦耐心地解释道。

"哇,这么厉害,好像我们玩网游时带的小宠物啊?"凌茜说道。

"小宠物?"盖琦有些不解。

"就是以前的地球人玩的虚拟游戏中的角色。而你们网游时将它们变成现实了。"狄克解释道。

"哦!"这下轮到盖琦似懂非懂了。

"给你们三人一人一枚戒指,它可以暂时将你们的灵兽收到里面,给它们提供一个休息和疗伤的场所。"盖琦从包里掏出三枚戒指,对三人说道。"哦,还有,你们拿到白凰的身体数据后就用这张智能卡片联系我,到时候我们会派人过去,你们就可以回来了。"

"谢了!"三人向盖琦道了谢,立马将戒指戴上了手指,把卡片装进了包里。

五、初入下层地球

盖琦掏出一面手掌大小的椭圆形镜子,镜中云烟缭绕、五色迷离。"孩子们,这是'梦空间',在梦空间中,时空不是像我们现在这样按直线推进的,而是杂乱无序地排列成一个轮回的圆圈。而且,空间可以随着时间而流动,这些你们可能听不懂,你们穿越过来所凭借的那张太极图也是一个梦空间,那是最高级的一种。我这个嘛,比较低级,仅可以让你们穿越空间,进入下层地球。"

盖琦打开"梦空间",一股强光从内而出,"加油! 我们的未来就靠你们了!"说完,一股强大的力量把三人吸了进去。"啊! 救命啊!"一种熟悉的感觉随之而来,这种感觉正是他们被太极图的裂缝吸进去时的那种感觉,旋转、摇摆、失重、尖叫、眩晕……"该死,又来了!"狄克生气地骂道。很快,强大的气流就压制住了所有的声音,三人咬紧牙关,努力克服着旋转所带来的眩晕呕吐的感觉。不过,这次的穿越只持续了半分多钟,等三人再次睁开眼睛,迎接他们的是一股清凉的海风。三人的神智稍微清醒了一点,晃了晃晕乎乎的脑袋,发现自己现在躺在一片潮湿松软的土地上。

三人定下神来,放眼望着周围的环境。

眼前是一望无际的大海,比他们以前见过的海要蓝得多。逶迤荡漾的润蓝,这种蓝是温润轻盈的,使人心醉。他们第一次知道世间可以醉人的不只有酒。单是远远望着,三人便顿觉心清眼明,仿佛遗世独立于世外桃源之中了。海中浮游着一串串彩色的气泡,几只长得笨头笨脑的飞鱼从这儿跃到那儿。一群海鸥低回高翔,一会儿聚集一会儿散开,还有一些不知名的鸟儿时时俯冲向海面,带着晶莹的水珠又冲向天空,迎着太阳抖动着五彩缤纷的羽毛。羽毛反射出柔和而明丽的光线,散落到海面上。三个人都快看呆了。

"时至今日,我才理解海子的诗句:'我有一所房子,面朝大海,春暖花开。'"凌茜喃喃自语。女孩的心思终归比男孩要细腻得多,见到如此美景,不禁心有所触。

"那边,天哪,那是蝴蝶!"大家顺着朗尼手指的方向看去,身后不远处的林子里,几只硕大的蝴蝶轻盈地飞舞着。这些蝴蝶有普通蝴蝶的十倍大,它们的翼翅上彩光粼粼,映照出树木的疏影。林子里开着各种见所未见闻所未闻的奇异花朵,有的花像美人的手臂,白皙柔软地迎风抚摸着草地,有的像燃烧的火焰,在草地上来回滚动着,有的像凝结的冰块,在阳光下反射出钻石般的光芒。有几只眼睛十分美丽的兔子蹦蹦跳跳地跑过。这些兔子会抚摸花朵、亲吻草地,还会彼此拥抱,开心时滚成一团如一堆绒线球,好玩极了。朗尼童心大发,想赶快跑到林子里去。

"还是小心点儿,别忘了现在人族和兽人族仍处于对立,森林有陷阱也说不定,越是看似安全的地方,往往越是危险,我们慢慢走吧。"狄克拉着凌茜,三人一起向林子里走去。

大家在草地上坐下,一只雪白的兔子马上跳进朗尼怀里,朗尼轻轻抚摸着它,乐不可支。凌茜和狄克嫉妒地看着朗尼,他们想去抓那些兔子,可它们马上跑得远远的。

"为什么兔子喜欢你这个神经大条呀?"凌茜不服气地看着那只兔子在朗尼怀里上蹿下跳。

"人家气场好呗,小动物的眼睛是雪亮的,它可比你们珍惜我的这一颗纯洁之心。"朗尼乐呵呵地拉着兔子和凌茜招手。

"或许是由于灵兽的原因,小兔子大概感觉焰尾猫没有什么危险,不像我们的那么有攻击性。"凌茜有些不服气,坚持不相信朗尼那个没心没肺的人还有颗纯洁之心。

小兔子在朗尼怀中打了几个滚儿,抬起毛茸茸的脑袋看了朗尼几眼,就转过头去,一纵身跃到草丛里去了。

　　"哎,小兔子你别走呀?"朗尼站起来就要去找,忽然他愣在原地,他听到一种奇特的吼声从极远处传来。凌茜和狄克还在讨论该怎么捉住一只兔子。

　　"嘘!听!"听力超群的朗尼对大家说。

　　狄克和凌茜立马屏气凝神,静静地聆听,不过过了很久,也没听见有什么动静。

　　"哪有什么声音!"凌茜生气地冲着朗尼叫道。"就是,你要是再忽悠我们,有你好看的!"狄克"恶狠狠"地说道。

　　"不,真的有声音!"朗尼立马为自己辩解,"只不过声音很小,而且好像是恐龙的声音!"

　　"你开什么玩笑?! 恐龙早就灭绝了!"凌茜不可思议地惊叫道。

　　"不,真的有声音! 你们一定要相信我!"朗尼对自己的听力极有信心,着急地说道。

　　"你真的确定你没听错?"狄克仍然不相信朗尼。

　　"难道,我真的听错了?"见两个同伴怀疑自己,朗尼也开始怀疑自己幻听了。

　　"轰隆,轰隆……"空中再次响起微弱而低沉的叫声,这次距离明显近了许多。

　　凌茜似乎也听到了。"天哪,难道……难道真的有恐龙?! 我们到底到了什么鬼地方啊? 我们不会穿越错了吧。"凌茜不相信这个世界上还有恐龙的存在,不可思议地拍了拍自己的耳朵。

　　"快走,我们去看看吧!"朗尼已经向草丛深处走去。

　　凌茜和狄克表示同意,快步跟上朗尼。

　　三人大约在林中走了半小时,林中鸟啼虫鸣、风吹草动,夹杂着三人的脚步声和喘息声,唯独听不见刚才的恐龙叫声。

　　"怎么还没到啊?"丛林里灌木横生,杂草覆地,地面湿滑,在其间行走十分消耗体力,凌茜已经感觉到有些疲乏。

　　朗尼不断地调整着方向,凭着自己超乎凡人的听力分辨着刚才微弱声音的来源。

"应该快了。我也能感觉到有大型生物正在向我们靠近。"狄克一脸笃定。

三人走到了一大片空地上，附近看上去没有人居住过。

"这有一个陡坡，高度不算太高，从这里下去能节约不少时间，如果绕过去可就得很长时间，我们跳下去看看吧!"凌茜目测了一下距离，转身对两个同伴解释道。

两个男孩都表示同意，"不过，谁先下去呢?"狄克看了看朗尼，开玩笑似地问道。

"女士优先!"朗尼却配合着狄克开玩笑地说道，眼光又瞅向凌茜。

凌茜翻了一个大大的白眼，一个漂亮的箭步，跳到了下面。

"啊……"凌茜一声闷哼。陡坡的高度比想象的要高许多，这一跳让凌茜可吃不大消，痛苦地按着自己的小腿，吃力地站了起来。

"怎么样，高不高?"狄克冲着下面的凌茜问道。

"还好，没什么问题。"凌茜忍痛笑着回答道，心想:"哼，让你们也吃吃苦头!"

"下面的沙土很软，可以作为缓冲，注意起跳位置。"为了加强可信度，又"好心"地补充了一句。

"哈! 我来了!"朗尼见凌茜没有问题，也忍不住想要试试。他来了一个助跑，跳到了比凌茜还要远大约一米的位置。可奇怪的是，他似乎并没有感到痛，表情依然很自然。

凌茜像是在看魔术似的看着他，似乎他不是地球人一样。

"啊! 好痛啊!"反射弧超长的朗尼忽然叫了起来，表情痛苦极了。

凌茜无语地看着他，心想这个家伙是不是小脑发育不完全。

刚要冲下来的狄克突然听到朗尼的这一声惨叫，连忙刹住了车。

"怎么了?"狄克奇怪地问道。

"啊,痛死我了! 啊……"完全不知情的朗尼还在痛苦地呻吟中。

"哈哈,再让你们不懂得保护女士,这就是你们的下场!"凌茜"阴险"地说道。

"还好不是我先下的!"狄克庆幸地说道,然后,他轻轻地踩着下面的石头,一步一步地滑下了陡坡。

"哈哈,幸亏我有先见之明!"狄克庆幸地说道。

"哼,真该让这个家伙尝尝这个滋味!"朗尼和凌茜异口同声地说道。

狄克十分庆幸自己没有抢在朗尼前面下去,凌茜却怪朗尼配合不够默契。"我居然还来了个助跑,真是不知好歹。"朗尼一瘸一拐地挪到旁边的石头上坐下。

"嘘! 我想我看到恐龙了。"朗尼睁大眼睛望着前面无边无际的平原。

凌茜和狄克忙转过头去使劲望着远方,平原两侧有低低的山丘连绵起伏着,漫山遍野的鲜花如同铃铛一般在风里摇个不停,平原的尽头是海一般湛蓝的天空。

"骗鬼去吧!"凌茜瞪了朗尼一眼,懒得理他了。

"朗尼,你这是一直在忽悠我们?"狄克愤怒地揪住朗尼的耳朵。

"快放开我,我哪有心情开玩笑! 我真的看到恐龙了,在很远很远处,不信咱们走着瞧吧!"朗尼不服气地撇了撇嘴,一个劲儿赌气似的埋头向前走去。

"可能朗尼真没骗咱们,你有没有发现他好像有点特异功能?"凌茜冲着狄克耸了耸肩。

"好像真是,那咱们赶紧跟上去吧!"狄克拉起凌茜向前跑去。

又走了半个小时左右,出现了一排碧绿的围墙。走进一看,原来是大半个村庄被大常春藤攀缘的篱笆围着,迎面是一个巨大的木门。门上画着一条血红的长蛇缠在一只漆绿的恐龙脖子上。从木门而望，一幢幢草和泥巴堆成的房子不规则地排列着，而且房子的结构非常不合理，没有考虑到平衡性和稳固性，仿佛风一吹就会倒下。三人瞬间有些回到远古时代的感觉。

"完了，完了，我们好像真的穿错空间了。盖琦那什么梦空间啊，该不是没电了吧？我们回去看来是没有希望了。"朗尼陷入了深深的绝望中。

三人不免有些灰心丧气，呆站在门口一时有些手足无措。

"吱呀"一声，门突然开了，三人慌忙闪在门侧，悄悄地探出脑袋。

啊！一个人首半蛇身的怪物！

蛇人正从一间房子里向外爬，直起前半身好像在观望什么。这个怪物的脸活像教科书上看到的远古猿人的脸，高高的颧骨，深陷的眼窝，浑浊的双眼。后半截蛇尾在地上打着旋儿，上半身却穿着兽皮衣，嘴里发着细弱的"咝咝"声。三人看得眼珠都快掉出来了。

忽然，蛇人转过身，向凌茜这边望过来。

狄克倒吸了一口凉气，最先意识到危险，按住另外二人的头。

凌茜指了指不远处的两米高的灌木丛，示意那可以隐蔽。三人蹑手蹑脚地缓慢挪动，唯恐引起了蛇人的注意。

"嚯！"半空中响起一声巨大的吼叫声，简直如晴天霹雳，震得三人一下子趴在地上。

"是恐龙！"朗尼最快爬起来，顾不得要隐蔽自己了，大叫道。朗尼看到几只恐龙从房子里钻出来朝他们这个方向而来，双脚踩踏着地面，整个地皮都震动起来。

"快，灌木丛不再安全了，我们还是躲到小山洞里去！"朗尼指不远处的一个山洞。这个山洞倒是不远，它的外面长满了松松散散的藤蔓，将这个山洞掩护得很好，普通人的眼力很难发现这个山洞。

乱七八糟的树枝正好可以掩护他们从这里跑到那个山洞，使们不容易被发现。

洞口十分狭窄，仅供一人通过，三人还没完全进入山洞，凌茜还有半截身子在洞外，可恐龙已经到了洞前，一只脚就要踩下。

不用多说，谁都知道恐龙这一脚下去意味着什么。就算没有被碾成粉，震动也会导致山洞塌方，将三人埋得死死的。朗尼用脚一钩，终于将凌茜拖了进来，谁也不敢抬头，等待最后一刻的到来。

然而，这一脚迟迟未下。"轰隆隆"的脚步声，逐渐离开了洞口，奔向另一个方向。

三人抬起头，确认恐龙真的走远后，长吁了一口气。

"这感觉跟坐云霄飞车一样，大起大落，我这小心脏可受不了。"狄克直拍着胸脯，瘫坐在地上。

"呼，还好，幸亏我们没躲在那儿。"凌茜惊呼。顺着凌茜的手指望去，刚才的灌木丛已经被恐龙踩得面目全非。三人自然又是一番劫后重生的庆幸。

又过了几分钟，确定再没有恐龙出来以后，三人才从藏身的地方爬出来。

"现在去哪？来之前一点提示也没给我们，怎么办？"凌茜问道。

"还是先待在那个山洞里吧，否则我们暴露在这是很容易被蛇人们发现的。"狄克说道。

"我们最好再找个地儿吧，那个山洞里二氧化碳太多了，而且有一股奇怪的气味，我怕待久了我们就走不出来了。"凌茜皱着眉说。

"我也被那股气味弄得很不舒服，右手边不远处有个废弃的木屋，咱们可以去里面避一避。"朗尼将手搭在额前望着前面说，随即指了指右边的一个方向。

"嗯，目前也只能这样了。"凌茜点了点头，她和狄克现在完全相信朗尼超乎寻常的视力和听力了。在这个险象环生的陌生世界，朋友间的相互信任最为重要，更何况是一位拥有特殊功能的朋友。

"走路小心，尽量别留下自己的气息，不要随便触碰周围的东西，蛇的嗅觉非常发达。"狄克叮嘱道。

"刚才,那蛇人明明看见了我们,为什么没有冲着我们来?还有,蛇人和恐龙怎么住在一起?兽人已经有如此高的智慧了吗?居然会建住房,还形成了村落,天啊,这究竟是一个什么样的世界?盖琦真的没有骗我们。"凌茜连珠炮地发问,显然这一切已经超出了她的理解范围。

"可能它们发现了更为重要的东西,或者发生了更为重要的事情,所以一时没顾得上我们,毕竟我们对它们也没什么威胁。"狄克顿了顿,又补充道:"其他的我也不太清楚,具体的等回去问问盖琦吧。"

"天快黑了,我们也要找个藏身之处才是。野外极不安全,晚上还不知道会有什么危险,而且正是蛇人出行的时间。"凌茜看了看天,又看了看山洞,摇了摇头。

"野外不安全,那么,最危险的地方就是最安全的地方。"朗尼指了指小村庄。

"但是,我们刚才就是冒着被蛇人发现的危险过来的,如果现在回去,会不会正好和他们撞个正着呢?"凌茜说出了心中的担忧。

"嗯,这倒也是。"朗尼心想:"我为什么就没想到呢,这么弱智的主意,又被凌茜鄙视了。"

"那我们还是先待在这里看看情况再说吧。"狄克提议道。

"我好像又闻到蛇人的气息了。"朗尼突然变得十分焦躁。凌茜和狄克都吓了一跳,狄克向四周望了望,看到山洞后面有一棵硕大的老树,树干有两三人合抱那么粗,枝叶十分繁茂,几乎完全挡住了阳光。狄克示意大家赶紧爬到"巨树"上等待。

"这里的植物也太大了吧!被山洞挡住,我以为这是山洞上的一片树林,谁能想到这竟然是一棵树。"朗尼惊奇地叫道,第一个爬了上去。

"嘘,小声点!"狄克在下面抱怨道。

"啊,你踩着我的脑袋了!"走在朗尼后面的狄克就倒霉了,一脚

没踩稳的朗尼一不小心就踩到了狄克的头上。

"拜托,你俩快一点儿好不好! 万一待会儿蛇人注意到我们就完蛋了!"看着关键时刻还没有正形的二人,再一次殿后的凌茜颇有些"恨铁不成钢"的哀怨。

"快了快了,好了,我上去了! 来,我拉你!"狄克在上面对着凌茜说道。

狄克轻轻一提,身手敏捷的凌茜蹬着树干一下就爬了上来。

狄克对着凌茜竖起了大拇指,连连赞叹。"我没发现,你竟然身手如此敏捷,与朗尼相比丝毫不差。"

"不然我为什么那么听她的话!"朗尼给了狄克一脚,险些把狄克踢了下去。幸好凌茜眼疾手快,一把扶住了狄克。

"明白了吗?"朗尼问道。"明白了,明白了。"狄克抱住树枝连连点头。

"嘘,他们离我们越来越近了!"朗尼再次担忧地说道,因为他好像感觉到这次蛇人的气息与以前的好像有点儿不太一样。

"嘘,来了!"朗尼低声对两个同伴说道。

朗尼轻轻拨开树枝,从树叶缝隙中看去。不远处,蛇人快速地蛇行在他们身旁的那条路上,快了,越来越近了,三人都屏住呼吸,生怕呼吸声引起蛇人的注意。

朗尼发现蛇人中间围着一个小女孩,这个小女孩不像这些怪物一样穿着兽皮,而是穿着和他们一样的现代化的衣服,并且走路有些跟跟跄跄,似乎腿部受过伤。

朗尼连比带画地把他看到的奇怪景象告诉了两个同伴。凌茜和狄克也不知所以然,心想:"盖琦并没有说过还有其他人来到下层星球,难道说还有另外一个势力,并非盖琦控制? 还是盖琦对我们有所隐瞒?"

这时,朗尼发现那个小女孩正转身朝他们藏身的方向望来,心里不禁一阵发毛,"糟糕,难道她也有特殊能力,发现我们了?"

突然，情况发生了变化。

只见小女孩旁边的一个蛇人对她说了句什么，她转过头去和他交谈了几句，然后就继续向前走去。但她的脚步越来越慢了，她旁边那个蛇人伸出手来想拉她一把，女孩挣脱了蛇人，摇了摇头，跟他交流了一下，蛇人就自顾自向前去了。其他蛇人则毫无反应，只是机械地向前走着。小女孩看着渐渐远去的蛇人的身影，她停了一下，突然一个闪身钻进了近旁的灌木丛里。之前那个蛇人走了一会儿，发现小女孩还没跟上来，于是调转过头。四下里看了看，并没有发现小女孩的踪影，顿时急躁起来，训斥了周围几个蛇人，蛇人四下分散开来，寻找女孩的踪迹。为首的蛇人一步步走进了女孩藏身的灌木丛。凌茜三人偷偷看着，都为小女孩捏了一把汗。

眼看着那个蛇人快要钻进灌木丛了，凌茜小声地对着朗尼和狄克打手势："完了，小女孩快被发现了，我们要不要下去帮帮她？"

朗尼悠然地摇了摇头，口语和手势并用，向另外二人解释道："灌木丛下面有一条隐蔽的小道，被上面的枝叶遮挡着，可以通向咱们之前去过的那个山洞，那个小女孩已经快到山洞里了，蛇人是抓不到她的。"

果然，过了不久，蛇人就从灌木丛里出来了，他带着一脸的懊丧神情向四周望了望，在原地转了几圈。"咝……"为首的蛇人仰头朝天，发出一声尖锐的嘶叫，其他蛇人听到响声，立即向那个蛇人靠拢，排成整齐的队伍。为首的蛇人训斥了其他蛇人几分钟，随后他们又向着村庄走去。

"哎，我还是第一次看见蛇还有等级划分，第一次看见蛇排队呢。"等蛇人走远后，朗尼忍不住内心的兴奋说道。

"我们现在要不要去山洞里找那个小女孩？"狄克跟朗尼关注的焦点完全不一样。

"嗯，敌人的敌人就是朋友。看样子，那个小女孩对这里的环境很熟悉，也懂得如何与蛇人打交道，这样一个人对我们在这里行动

大有好处。"凌茜说着从树上溜下来。"你们慢点儿下来,可不要动静太大又惊动了他们。"凌茜边打量着周围的环境边嘱咐着。

三人回到了山洞口。小女孩刚经过这么一番折腾,三人进去时她正坐着发呆,丝毫没有注意到身后来了三个人。

"嗨!"朗尼热情地上前打了一个招呼,这可把那个小女孩给吓了一大跳。

"啊,吓死我了!你是谁?"小女孩警惕地问道。

"我是朗尼,他是狄克,这是凌茜。你是谁?怎么会在这里?你和那群蛇人什么关系?"朗尼依旧自来熟,又抛出了一大串问题。

"我也想知道我是谁……"小女孩抱住了膝盖,喃喃自语,算是回答了朗尼的问题。

"你爸爸妈妈没给你取名字吗?"狄克试探着问。

"爸爸妈妈……我不记得了……"小女孩听到这一句,居然哭了。

狄克慌了,没想到自己的一句话居然弄哭了小女孩,急忙道歉:"啊,我不是故意的,我不该问你的爸爸妈妈,我不知道他们已经去世。啊,对不起……"没想到小女孩哭得更厉害了。

"去去去,一边去,瞎说什么……"凌茜见状急忙将狄克赶到一边去。

"你别难过了。我是凌茜,我们来自过去,不小心穿越了时空之门。我们不是坏人,我也很想我爸爸妈妈……临时受盖琦所托……"凌茜急忙向小女孩解释,看到小女孩哭泣,也想起了自己的爸爸妈妈,感同身受,也有些伤感。

"啊,盖琦,你们认识盖琦?"小女孩听到盖琦的名字,眼前一亮,立刻停止了哭泣。

朗尼将事情的来龙去脉细细地解释了一遍,小女孩也解释了自己的经历。

原来,小女孩也是受盖琦所托,来到下层地球,同样背负着完成上下层的和平对话的任务。不过，小女孩在穿越的时候，头部不幸被吸入时空之门里的石头撞伤，记忆有些受损。

"原来如此！"三人忍不住惊叹经历如此奇妙。既然对方和自己是同样的任务，看来对方也和自己一样的身份，也应该来自过去的地球。同样身为过去时空的人，命运如此相似，三人在心里已经将对方视为朋友，朗尼自不消说，凌茜和狄克也都放下了警惕。在这里看到同一时代的人，"老乡"见面，甚是亲切激动。

"不过，盖琦叫我'马莉'，大概他知道我的来历吧。"小女孩补充道。"啊，真是同病相怜啊！在这里看到你们真高兴！"马莉看起来十分开心。

"是啊，没想到在这儿还能遇到同时代的小伙伴，感觉就像家人一样亲切。"凌茜拉着马莉的手说。

"你是怎么穿越过来的？你家在哪儿？"朗尼很兴奋，开始连珠炮般地提问。

"我也很想知道自己是怎么到这儿的，完全记不起了，不知道究竟发生了什么。盖琦并没有告诉我。"马莉懊丧地低下头。

"哦，没事儿，等我们回家了你会慢慢想起一切的。"朗尼安慰她。

"到时候我可以带你去少林寺看比武，还有，你可一定得看我的拳击比赛！"朗尼指手画脚地说着。

"我住在海边，我们可以一起弹钢琴，我妈妈做菜的手艺一流哦。"凌茜难得温柔地托着下巴望着洞外。

四个人聊着以前生活的点点滴滴，都很想家。

"哎，你和盖琦……""对了，你知道……"好不容易平复了思乡情绪，狄克和凌茜同时问道。

"那你先问吧。女士优先。"狄克做了一个"请"的手势。

"对了，你知道这些蛇人是怎么回事吗？"凌茜这才想到事情的关键，连忙问道。

"我从上层地球下来的时候,着陆再次错误,从一棵树上摔了下来,摔晕了。我也不知道我在那个地方待了多久,等我醒来的时候,周围已经围了一群蛇人。我当时大腿被树枝刮伤了,是蛇人帮我敷上了药。准确地说,是蛇人救了我。看样子,他们并没有要伤害我的意思,还把我带到他们居住的地方,让我暂时有了个落脚之处,也让我帮他们干些杂活,如洗衣做饭、收拾床铺、打扫屋子。我烦透这些事儿了,和他们住在一起我既孤独又寂寞,还成天提心吊胆的,现在总算逃出来了。"马莉长吁了一口气。

"难怪你走路有点……"朗尼若有所悟的样子。"不过刚刚我们在树上,看到你和那些蛇人说了几句话,你是怎么和他们交流的呀?"

"哦,在和他们一起生活的这段时间我学会了一些他们的语言,在必要时可以配合手势进行简单的交流。不过我们平时很少交流,他们出去的时候通常不会告诉我,我也帮不了他们什么忙。我在那儿简直就是个干活的机器人。那儿除了住着蛇人外,还住着恐龙,他们分开住,平时互不干扰,只有在敌人入侵的时候才会联合起来作战。"提起往事,马莉还是有些后怕的感觉。

"刚才走在你旁边的那个蛇人返回来找了你好几遍,他是不是负责监视你?"朗尼一直在想刚才的事。

"不完全是,他其实对我还不错。也就他有空了还会陪我说几句话,有时也会帮帮我。刚才我借口上厕所逃脱了,我骗了他,他一定很生气吧!也许回去还要受到处罚,我也是迫不得已。"马莉低下头用树枝在地上划来划去,"也没有办法呀,反正我是再也不想和他们待在一起了。"

"有我们在,你放心吧,等我们完成任务就能带着你一起回家了!"朗尼的英雄气概又迸发了。

"真的吗?太好了!"

凌茜还在想着事情,这时突然蹦出一句:"也就是说,你是完全在不知情的情况下来到下层星球的?"

"哦……嗯嗯,我好想知道究竟发生了什么事。"被凌茜突然打断,马莉愣了一会儿才反应过来。

"对了,狄克,你怎么一直不说话? 刚才你想问什么来着?"凌茜提醒了一下狄克。

"没什么,没什么……这个山洞里空气很不好,咱们赶紧出去吧。天快黑了,咱们要尽快找到小木屋。"狄克的一句话把大家的思绪拉回到目前的处境中。

"嗯,我们快点儿动身吧,多待一会儿就多一分危险!"凌茜说着就要出去。

"等等,我们好像还忘记了一个东西!"狄克好像突然想起什么了似的,挥了挥手,三人顿时恍然大悟。

马莉看到朗尼一边在转圈,嘴里一边在叽里咕噜地念着什么咒语。凌茜一边小心翼翼地擦拭着自己的戒指,一边将它晃来晃去,似乎在测定方位。一直站在一旁的狄克像是定住了一样,眼睛一动不动地盯着手中的戒指,仿佛在使用意念力……

"呃…你们在干什么?"马莉觉得好笑,可是看见朋友们一本正经的样子,又不好意思笑得太过分。不过,三人似乎魔怔了,没有人回答她的问题。

过了好一会儿,"要不,我们问问盖琦? 他只给了我们戒指,却没有告诉我们怎么用!"凌茜终于被朗尼转圈转得头晕眼花了,停下来问了问。

"戒指? 干什么用的? 能给我看看吗?"

"这是灵兽,盖琦送给我们的作战工具。可是我们不知道怎么打开。盖琦没有送给你吗?"凌茜一边翻看着她的戒指,一边抽空回答了马莉的问题。

"没有……我不知道,也许被我摔掉了吧。"马莉颇有些遗憾的样子。

"没事,有我们保护你就够了。"朗尼一边忙着念咒,一边安慰马莉。

狄克将视线从戒指转到凌茜脸上,他盯着凌茜,淡淡地回答道:"我一直都在试图联系他,但是联系不上。"

凌茜只得再次晃动手中的戒指,想要从中找到什么线索。

一直盯着"朗尼版小型旋风"看的马莉终于忍不住了,看准时机,一把按住朗尼:"你……你别再转了……再转我就要吐……吐了。"

朗尼十分不好意思地看着马莉,说:"Sorry,我一想问题就爱转圈。"

"哟,这一路第一次见你转圈,敢情你之前都没动脑子啊。"凌茜好不容易逮着机会,打趣道。

朗尼突然做出一个不要出声的手势:"我,我好像又听到了恐龙的叫声!"

"你刚才怎么不说。"狄克压低声音没好气地说。

"刚才我在转圈啊……"

"你……"

"我们还是赶快走吧,绕着走,尽量避开它们。"凌茜提议道。

"走吧,我负责带路,你们紧跟着我。"说着,朗尼向着远处的一片森林走去。

四人在了无人烟的森林中排成一队:朗尼在前面弯着腰,耸动着鼻子,一步一嗅地往前走;两个女孩默默地跟在他的身后,在队伍最后的狄克低着头看着手中的戒指,不时又焦躁地抬头看看前面像导盲犬一样的朗尼,再回头看看身后。

"什么时候才能到啊?"一声抱怨从朗尼身后传来。原来凌茜扶着马莉,体力加速消耗,有些跟不上了。狄克见状,立马上去替换下凌茜,扶着马莉。凌茜则负责警戒。

"本来不远,但要避开存在他们气息的地方就得绕许多路。他们的气息又总是断断续续，很不好找，耐心点儿吧，总能到的。"朗尼用安慰的语气回答了凌茜。

夜已深，森林一片漆黑，湿气越来越重，各种草木的气息越来越浓，偶尔有睡醒的鸟啼上几声。四人走得昏昏欲睡，步子越来越沉重。

朗尼、狄克、凌茜轮流替换搀扶马莉，也不知走了多久，大家绕过一个山丘，终于看到一座被常春藤缠绕着的木屋，在淡淡的月光下，可以看到木屋的门半开着。

四个人摸索着进了屋，屋子很破旧，木地板一踩便吱呀吱呀响个不停。

"这屋子半夜不会塌了吧。"凌茜点燃了一根蜡烛四处打量着。

"不至于吧，反正我们也没地儿去了，凑合着在这睡会儿吧！"狄克走到落满了灰尘的床边，发现朗尼已经歪着身子躺在床上了。

"已经不早了，大家赶紧休息吧，我们轮流值夜。"凌茜提出建议。

"先是我，再是凌茜，朗尼最后。"狄克快速地排好了值夜顺序。

"不行，我给大家拖累了那么多，我也要值夜！"马莉说。

"你腿上有伤，需要休息。"凌茜摇了摇头。

"不行，你们刚才那么辛苦，我也要为大家出一份力，不然我心不安。"马莉坚持要值夜。

"好吧，你最后，到时候朗尼叫你。"凌茜从包里翻出四副耳塞分给大家，"要是晚上吵的话，就带上吧。"

"呼——呼——"夜深人静，森林中只剩一阵阵风声。一天的心惊胆战，加上过度的体力消耗，大家的呼吸声显得格外沉重。

"哈——"最先醒来的朗尼打了一个大大的哈欠，伸了个懒腰，揉了揉双眼，翻身坐起，环顾四周。

"快醒醒，快醒醒，马莉不见了！"朗尼惊慌失措地喊道。

两人听后立马从睡袋里钻出来，不可思议地看着眼前的一切：

地上散落着几块蛇人穿的兽皮衣的碎片,还有蛇尾拖过的凌乱错综的痕迹。

"看来,马莉是被蛇人抓走了。"凌茜神色凝重地说。

"不对。"狄克犹豫了。"朗尼,你昨晚叫马莉了吗?大概几点?"

"叫了,大概两点半吧,我特意叮嘱她注意防寒,实在撑不住就叫醒我。"

"不对,如果马莉被抓走,为什么一点儿声音都没有?我睡觉并不沉,有点儿动静应该会听见的。如果她真的没发出声音,那就更奇怪了。"狄克提出了自己的疑问。

"是啊。"凌茜受到了启发,"现场怎么会有衣服碎片,显然发生了激烈的打斗,我们却丝毫没有听见。另外,谁和谁打?马莉和蛇人?凭马莉的战斗力,只有就擒的份了,按说也打不起来。这是第二点疑问。"

"朗尼,你有什么看法?俗话说'三个臭皮匠赛过诸葛亮',我们应该能找到点儿线索。"狄克问道。

"呃……我……你们都说得很好,我也是这些观点……我没有想法……"朗尼急得抓耳挠腮,只好背过身去双手合十,脸朝着太阳默默地为马莉祈祷好运。

"朗尼,你没有转圈哦。"凌茜还是不忘取笑朗尼。

一抹红光一闪而过……

"谁?"朗尼大喝一声,"出来!"

还在那堆衣服碎片旁纳闷的凌茜和狄克闻声而起,背靠背,双手握拳,摆出一副标准的战斗预备姿势。

"怎么了?发现什么了?"凌茜一边问,一面警惕地查看着周围。

"那个……你们俩有没有看到一个红色的东西飞过去了?"朗尼抓抓自己的后背,向两个同伴问道。

两人摇了摇头。

就在朗尼想要描述的时候,两人同时指向朗尼的头顶,捂紧了嘴巴。

一团红色的毛茸茸的东西突然从朗尼头顶的屋梁上砸下来……

"哇啊……啊啊啊……什么东西!"伴随着朗尼的一声惨叫,被遮住眼睛的朗尼朝两个同伴所在的地方冲过来。

"咚"的一声,朗尼撞到了两人身后的门廊上,一把扯掉脸上的东西,"呼,憋死我了,总算能呼吸了。"

凌茜跑过来定眼一看,一把抱过朗尼手上的东西,"真是的,有你这么对待灵兽的吗?"凌茜抱怨道。

"咦,这……这不是焰尾猫吗? 它怎么出来了? 我没有召唤它啊。"朗尼挠挠头,不好意思地看着凌茜怀里的焰尾猫。

焰尾猫甩了甩脑袋,晃晃悠悠地跳下了地。

"喵呜——"焰尾猫叫了一声,生气地盯着朗尼,似乎在怪他把自己给弄疼了。

朗尼抱起地上的焰尾猫,抚摸了几下焰尾猫的头,又把它放到了地上。

焰尾猫不计前嫌地眨了眨眼,像人一样站立在地上。

只见它转过身两只爪子合到 起,然后再飞快地跑到朗尼脚边。朗尼看完以后,学着像焰尾猫一样双手合十,然后指了指焰尾猫,又指了指地下,焰尾猫看完后点了点头,又蹲回到地上。

见两人还没明白这动作的含义,朗尼立马神气起来了:"嘻嘻,我知道怎么召唤出灵兽了!"

"你别告诉我,是焰尾猫告诉你的……"凌茜表示十分怀疑。

"你不试试怎么知道不行呢?"朗尼一副爱信不信的样子。

狄克不说话,默默地转过身去双手合十,只见一道亮光闪过,一只浑身通蓝的猎豹便出现到狄克的身边,狄克摸摸它的头说道:"以后就叫你蓝豹好了。"

见到狄克的灵兽也召唤出来了,凌茜沉不住气了,转过身双手合十,一只蓝翼鸟便飞到凌茜的肩头。

"好了,现在我们的灵兽都召唤出来了,下一步该怎么办?"这时候,朗尼还是习惯性地询问凌茜的意见。

"你们说,马莉现在还好吗?"狄克不安地问。

"既然之前蛇人没有要伤害马莉的意思,那就说明她现在还应该安全。但是她本人并不想待在那里,抓紧时间把她救出来才是关键。"凌茜回答道。

"嘘,我们动作轻一点儿,不能强攻,只能智取。我建议我们悄悄潜入村子打探马莉的下落,然后再想办法把她救出来。"虽然有了三只灵兽,狄克还是清楚己方的实力。

"好,到时候见机行事。"凌茜说,"我们还是按原路返回吧,尽量不要引起他们的注意,引来不必要的麻烦。"

"我们还是先去那个山洞待会儿,晚上再进村找马莉。"狄克催促道,"别耽搁了,我们赶紧出发吧!"

三人边走边在森林里寻找浆果充饥,在太阳下山前终于赶回了山洞。

渐渐入夜了,村子里零星闪出几点灯火。

"嘘,都机灵点儿,做好准备!"凌茜在一旁小声地提醒大家。

一个由土块和茅屋搭建的小村庄呈现在大家眼前,大家的心瞬间紧绷了起来,三人互相对视一眼,蹑手蹑脚地向大门靠近。

村庄的大门已经关上了。三人透过树枝的缝隙仔仔细细观察着里面的动静,没有在外面守夜的人。此时行动是合适的。

"没想到恐龙和蛇人的安全防范意识还挺高,强强联手,晚上居然还关上这破门。"朗尼小声地对凌茜和狄克嘀咕道。

"这门不会有什么机关吧? 悠着点儿推,试试情况。"狄克说道。

凌茜先是轻微用了点儿力,门纹丝未动。

"没有报警装置。"凌茜笃定地说。又逐渐加重了力道,不料门依旧毫无反应。

"放着，我来。"朗尼的袖子已经快撸到肩膀了，可是门依旧没有动静。

三人这才细细查看门的结构。门是用树枝藤条制作的，松松散散地绑着，看起来并无什么不同。

四周并无机关，想必是采用了什么特殊的方式。凌茜和狄克对视了一眼，双双蹲下，摸索着藤条的走向。

大概五分钟的工夫，两人又对视了一下，再次点了点头。

"怎么了？怎么了？"朗尼看着二人的默契，有些摸不着头脑。

凌茜挥了挥手，示意让狄克讲，随即又蹲下查看藤门。

"首先是这种藤条的韧性很强，所以很难弄断；其次是特殊的编法，特别繁复，更增加了难度。一时很难下手。"狄克向朗尼解释道。

"要不把门拆了吧？"凌茜探了探门的底部说，"这里离地面还有一拳，加上此处编织得较为松散，从这儿下手，大概是可行的。"

凌茜扯了扯门角落的藤条，顺着编织的纹路，忙活了十分钟，才小心翼翼地将一根藤条从门下抽了出来。三人轮替，废了半天工夫，才抽出了五六根藤条来。三人小心翼翼又推了一下门，竟被一股力反弹了回来。

"算了，要是我们这么拆，拆到天亮也拆不完，还是从门底爬进去吧。"朗尼估计了一下高度，提议道。

"嗯，爬吧。再折腾会，天都要亮了。我先进去，然后给你们开门。"凌茜也同意。

凌茜缩了缩身体，从门底一点点挤了进去。进去后，开了门，把朗尼和狄克放了进来。

村落呈漏斗形，道路呈扇形分布。住房的门口和窗户都是朝着主道错落分布，几乎无死角。只需要一人站在大门附近的哨楼放哨，就可以负责整个村庄的安全，大大节省了警备力量。

让三人庆幸的是，幸好今晚好像有什么特殊事情，哨楼空无一人。三人猫着腰蹑手蹑脚地沿着篱笆一点点溜到一座茅屋的背后，

沿途所见的茅屋都没有人影。

"等等,我好像听到了声音,在前面,跟着我来……"朗尼超人般的听力再一次发挥了作用。

离声响处的一座茅屋很近了,该茅屋在村子尽头,微微闪着灯火,朗尼不由得加快了脚步。

凌茜打着手势,示意大家停止。狄克随即意会到了,怕朗尼不懂,指了指茅屋,又指了指自己,随即指了指鼻子,又连比带画地解释了一遍。

三人现在由于紧张都呼吸急促,凌茜担心离得太近会引起了蛇人的注意。

狄克拍了拍朗尼,指了指朗尼的眼睛。

朗尼立即明白了,找了个合适的位置开始观察茅屋里的情况。

"屋里有一群蛇人,好像在商量着什么。"朗尼指着屋子悄悄对凌茜和狄克说。

"马莉在屋子里吗?你能看到她在哪儿吗?"凌茜紧张地问。

"暂时看不见,还需要再近一点儿!"

"笨蛋,再靠近我们就要被发现了!"

"我贴着墙角走,小心点儿就是。"

"我看到了,是她,她在洗那些兽皮衣服呢。我们现在怎么办?"朗尼又折了回来。

"放出蓝翼鸟去引开他们,然后我们想办法救出马莉带她离开。"凌茜提议。

"好,小心行事,记得不要弄出太大动静,小心引来更多的蛇人和恐龙。"狄克嘱咐道。

凌茜召唤出蓝翼鸟,小心地嘱咐道:"蓝翼鸟,这次拯救马莉,就看你了!"说完,便把蓝翼鸟放了出去。

"咕叽,咕叽……"蓝翼鸟在茅屋上飞了一圈又一圈,并不断发出叫声,很快就吸引了一大群蛇人的注意力。等到蛇人聚集得差不多了,蓝翼鸟朝着村庄的另一个方向飞去,随即部分蛇人也跟着蓝翼鸟离开了。

"怎么办? 还有一些蛇人留在这里。"

"快,趁现在,让蓝豹做出一个小型飓风,困住一批蛇人。再让焰尾猫围绕着那个茅屋,制出火球,形成热浪,不要让其他蛇人靠近。我们趁包围圈还没形成,从背后突袭,冲进去,应该可以打败蛇人。"狄克制订了作战方案。

蓝豹和焰尾猫很通人性地点了点头,开始各自行动。

"轰……轰……"几声巨响,几个巡逻的蛇人被焰尾猫制出的火球掀翻在地。凌茜三人趁机一个箭步冲到屋前。

门锁着。

"焰尾猫,这里,注意火力。快散开!"朗尼一边招呼焰尾猫,一边拉开凌茜和朗尼。

"轰!"又是一声巨响,门被强行轰开了,茅屋却没有损伤。

"干得漂亮!"朗尼向着焰尾猫竖起了大拇指。

"轰……""啊……"朗尼被焰尾猫炸出了一米远,逗得凌茜和狄克扶着墙壁直笑。

"喂……你炸错人了,别乱伸你的爪子。"朗尼艰难地爬起来,急忙阻止了焰尾猫跑过来。

"是你们,谢谢你们来救我!"马莉在屋里听到三人的动静,急忙扔下正在洗的衣服跑了出来。

"此地不宜久留,快走。"凌茜扶起马莉向火圈外跑去。

三只灵兽看到主人要走了,也撤出战斗,忙跟上来。四人三步并作两步地向大门冲去。村子里的蛇人们早被惊动了,火把照亮了整个村子,蛇人们特有的那种又尖又长的呼啸声此起彼伏。"快!快到门口了!"朗尼一边搀着跑得最慢的马莉,一边指挥三只灵兽断后,四人上气不接下气地跑出了大门径直往不远处的林子里奔去。

进入森林后,四人终于甩开了蛇人。在确定蛇人们还没有跟上

来之后，四人瘫坐在地上。

凌茜摸了摸焰尾猫和蓝豹的头，说："你俩表现不错呦，配合还很默契嘛。"谁知自己的灵兽蓝翼鸟也蹭了上来，摇晃着脑袋也要赞赏。三人收起灵兽。

狄克苦笑一声，"不错是不错，但是我们刚才的动静好像有点儿太大了。"狄克指了指远处的村子，"你看，现在村子里面闹得这么厉害，蛇人肯定在到处找我们。"

"怎么办？我实在跑不动了，要是它们抓到你们，那就危险了！要不我回去吧，这样他们可能就不会追你们了。"马莉不想连累三位队友，主动提出要回去。

"我好像看见一大群蛇人正朝着这个方向搜寻过来。"朗尼还在观察身后的情况。"笨蛋，快跑吧，还站在那儿干什么！"还没等朗尼反应过来，凌茜已经拉起马莉跑出去好远，回头冲朗尼喊道。

蛇人听到这边的动静，迅速加快了速度。等朗尼意识到自己身处险境的时候，蛇人们已经离他只有一百米远了，"哇啊啊，救命啊！"朗尼像脱缰的野马一样冲了出去，很快便赶上了凌茜他们。

四人连滚带爬地逃了半个小时，蛇人们还是没有停止追赶，可凌茜他们的体力已渐渐不支。又跑到一个岔路口，马莉突然停下来说："不，不行了，我……我跑不动了，我们往岔……岔路口左边跑，去那休息一下吧。"

"这样，你们先走，我和狄克布置一下。"随即朗尼和狄克脱下外套，扔到了右侧岔路，又折了回来。

四人往左侧岔路又跑了几分钟，停了下来。还没等他们喘几口气，蛇人们便很快就追了上来。

"啊，'迷魂阵'竟然没用。"狄克有些崩溃。

"快跑啊，还愣着干什么！"朗尼扶起马莉就跑。

六、巧遇白凰

又是一阵狂奔,转过一座山丘,朗尼看到一只小兔子在前面看着他。

"快,跟着兔子跑,兔子怕蛇。它一定知道安全的地方。"在蛇人堆里混了这么多天,略知动物习性的马莉急促地说。

身后传来恐龙的吼声,"糟了,看来恐龙也出动了。"他们连想都来不及想就跟在小兔子后面跑去。

绕过好几个曲折的小道,恐龙的吼声和蛇人尖锐的喊声逐渐消失了。四人这才停下脚步,注意到周围的环境。

匆忙间,四人已进入一个山谷,河水自山涧潺潺流出,沿岸鲜花怒放,下垂的杨柳袅袅,轻拂水面。河水蜿蜒流入平原,蓄积成一个小湖,碧波荡漾,镶嵌在绿野平畴之中,宛如少女的明眸,含情脉脉。放眼望去,远处群山立翠,近处绿水含烟,沿岸阡陌纵横,屋宇错落,颇有陶渊明笔下世外桃源的感觉。

大家死里逃生,对这只小兔子充满感激。

"兔兄,真不知该怎么谢你! 来,抱一抱!"朗尼开心地伸出胳膊,兔子纵身一跃跳到他怀里,上蹿下跳淘气个不停。"哇!"凌茜看到好几只毛茸茸的小白兔向他们蹦跳而来,它们互相追逐着,嬉戏着,在绿草地上打着滚儿。有一只兔子竟然不小心跌倒了,翻了好几个跟头,逗得四人笑得前仰后合。

"啊! 天底下还有这么可爱的兔子!"凌茜抱着一只兔子,不停地抚摸。

"小兔子乖乖,告诉我,你们怎么这么可爱?"马莉忍不住也凑过去抚摸凌茜的小兔子。

　　四人的衣服已经被丛林里的荆棘刮得面目全非,脸上、头上也满是泥和树叶。四人互相望了望,都忍不住被彼此的样子逗乐了。

　　大家正嘻嘻哈哈地闹着,忽然背后传来婉转的笛声,清脆悠扬。

　　四人一起回过头。

　　"哇……"凌茜目不转睛地看着远处走来的人,显然被惊呆了。狄克也愣在原地。

　　"玉兔,主人来了还不赶快过来迎接?"声如温玉。

　　只见眼前的男子面如冠玉,眼如流星,神情清冷,品貌脱俗,潇洒俊逸;身着一袭金丝刺绣长衫,上面绣着一只翩然起舞的凤凰,长衫飘动时,凤凰更加栩栩如生。男子外披一件月光白雀翎披风,走起路来浑身如同流动着清冷的月光;手拿玉笛想来刚才的笛声应是他吹出的。凌茜三人还只是在古装电视中见到过此种打扮,不曾想在这未来时空中,竟有幸一见,一时惊为天人,半天没有反应过来。

　　"快过来!"男子半是责备、半是怜爱的语气,训斥着地面上几只淘气的兔子。话语刚落,几只兔子立即跑回主人的身边,立着身子,垂着前爪,神情严肃。朗尼怀里的那只被朗尼拉住没有及时挣脱,它用两只大大的眼睛狠狠瞪了朗尼一眼,用力一蹬,纵身扑到主人面前,微抬着眼皮偷窥主人的反应。

　　"你呀,最是淘气。"男子抚摸着这只"委屈"的兔子,"陌生人来了要先报告主人,只顾着贪玩,真拿你们没办法。""教训"完兔子,男子这才抬起双眸,打量着呆若木鸡的四人。

　　"在下白凰,请问诸位客人来自何方? 为何光临此处?"白凰手握玉笛,双手微抱,微微欠了欠身。

　　"啊,你就是白凰,我们……我们……"朗尼想要解释,却不知从何说起,结巴了起来。

　　"我们是通过太极图穿越到这里的,刚才躲避蛇人和恐龙的追捕,跟着小白兔到了这里。打扰您了,非常对不起。"凌茜简单利落地介绍了自己,略去了盖琦的部分。

"哦,太极图。"白凰沉思着,似乎对太极图有所了解,并不介意四人闯入,好像也未曾留意朗尼的惊讶。"你们不是这儿的人,也不是上层地球的人,你们究竟是什么人?"

"相对于你们而言,我们是属于过去时空里的人,我们来自 21世纪。"凌茜把自己时代的特征和生活情况大概说了说。白凰点点头,说:"我明白了,你们是穿越时空过来的。时空之门打开非常不容易,我只是听说过有此存在,并未亲见。看来是不容易回去了,你们先在我这儿待着吧。远道而来都是朋友,我给你们安排个小院你们先住下。"

四人自然又是一番感激,不消细说。

跟在白凰后面一路走来,如画的风景让四人目不暇接:看不完的高山流水,听不尽的莺啼,一眼望去,绿草如茵,飞禽走兽,层出不穷,不计其数,还得随时注意脚下的小动物,以防踩伤。可白凰走起来,却如鱼得水,依然自在潇洒。

没过多久,便到了一片竹林。竹林深处有一座精致的竹屋,朗尼向着三人打了打手势,指了指竹屋。

四人正在交流,忽然间,前面响起了一阵"叮叮当当"的清脆声。定睛一看,竹屋里迎出一群身姿曼妙的女子。她们衣着清逸,裙摆飘摇,一路走来,腰间的玉佩互相撞击发出玉鸣之音,宛如月宫仙子一般。

连狄克都觉得十分纳闷,抬头望望伙伴,却发现那三人也是干瞪着眼,完全不知道眼前发生了什么。

只见那几位女子来到白凰周围。白凰对着其中一位女子小声说了些什么,那女子随即领着两位女子离开,剩下的女子簇拥着白凰向竹林深处走去。白凰刚走了几步,回过头,向仍然站在原地的四人招了招手,示意跟上。

刚到竹屋,女子即来通知,房间已经收拾好。四人住了进去。白凰还安排了两人负责四人的饮食起居。

自从住进了竹屋以后,白凰偶尔会过来看看,询问四人穿越的情况。当朗尼告诉白凰,他的穿衣风格和居住环境和古人极为相似,白凰产生了极大的兴趣,向朗尼细细询问具体情况。然而,朗尼平时一直忙着训练,很少看电视剧,无法解答白凰的疑问,细节之处则由凌茜来补充。马莉的记忆一直没有完全恢复,也追着凌茜问过去生活的具体情况,对凌茜三人穿越的方式尤为好奇,问了一遍又一遍;听说凌茜三人曾经借助过"黑钻石"的力量后更加好奇了,不停地追问细节,凌茜终于被问烦了,见面都躲着马莉。

除了听凌茜和朗尼讲述古人,偶尔对马莉的失忆表示好奇,并表示有机会或许可以帮忙之外,白凰一直不多说话,但态度越来越和善,他显然很喜欢这四位小朋友。

四人心里早已将白凰视为朋友,四人对盖琦委托的任务绝口不提,每次碰到关键时刻,都想方设法地跳过,或许是出于本能的警惕,或许在等待合适的时间。

就这样过了十多天……

"咱们不能再这样下去了,得赶快行动起来争取早点儿回家呀!"一天晚上,狄克烦躁地对三人说。

"我们要不要再找找其他方式,或者和盖琦商量商量?这几天相处下来,我觉得白凰不像盖琦说的那样,白凰对咱们挺好的,总觉得两方有些对不上。直接摊牌不太好吧?"朗尼望着凌茜,关键时刻还是会向她寻求支援。

凌茜见此,有些莫名地感动。"的确如此。白凰将我们当作朋友,而我们却要去偷他的身体密码。虽然盖琦是为了上层地球人,可我总觉得有些不合适。换作我们,要是被人要挟着上谈判桌,我也不会愿意的!"凌茜有些激动。

朗尼耸耸肩:"那我们该怎么办?"

"要不再联系一下盖琦?"朗尼提议。

"试试吧。"凌茜一副死马当活马医的态度。

　　第二天一大早，狄克对朗尼和凌茜说："盖琦有消息了。"

　　"什么，怎么说？"朗尼一个咕噜就跳下了床。

　　"孩子们，你们太善良，千万不要被白凰的外表所迷惑。你们放心，我只是需要白凰的身体密码，以此促成和谈，并不会伤害他，更不会伤害下层地球的兽人族和人族。"三个孩子看到盖琦的消息，有些不知所以然，坐着发呆。

　　"喵，喵喵……"朗尼的戒指发出规律的声音。

　　朗尼手指刚接触到戒指，就传来了盖琦焦急的声音："朗尼，朗尼……"

　　"别着急，慢慢说。"狄克安慰道。

　　"狄克！出事了！'梦空间'出现了故障！"

　　"出什么问题了？"狄克十分焦急。

　　"'梦空间'不太稳定，之前一直联系不上你们，就是这个原因。刚才想通过'梦空间'查看一下你们的情况，可是系统突然出现了异常，现在它的电波非常不稳定，系统随时都有可能崩塌！如果系统崩塌，你们就会被困在那里，永远也回不来了！"盖琦十分不安地说，"你们现在要抓紧时间，赶快得到白凰的身体密码，然后我亲自下去接你们上来。不要太紧张，我会尽量……"还没说完，信号就断了。

　　"我们赶快行动吧，再也不能耽搁了！"狄克连声音都颤抖了。

　　三人坚定地点了点头。

　　四个人经过商量，其实是三个人，马莉由于记忆问题，很少参与商量对策，三人决定邀请白凰明日来小院赏月，三人轮换灌酒，趁他酒醉的时候，由凌茜用仪器探测他的身体密码。

　　"目前我也想不到更好的接触白凰的方法，姑且试一试吧。"凌茜有些无奈。狄克表示赞同。毕竟只是十几岁的孩子，想要再制订周密的方法，时间也不允许，只好先找个接近白凰的机会，剩下的就见机行事吧。

酒倒是现成的,白凰安排的住所里就放有好几瓶不知名的好酒。之前白凰曾邀请四人月下小酌,共赏清风明月之美。四人以年小且不爱饮酒的理由拒绝了。

朗尼主动提出由自己去邀请白凰。马莉说,自己跟着蛇人住了一段时间,经常洗衣做饭,感觉自己厨艺还过得去,主动提出下厨准备几个小菜。凌茜负责打下手。狄克负责安排桌椅,并负责引开白凰身边的人,以方便凌茜下手。

"白凰。"朗尼挑开竹帘,看到白凰慵懒地坐在金丝楠上,正在闭目仰神。听到朗尼的喊声,白凰收起睡姿,微笑着迎接:"稀客呀,朗尼今日怎么有空过来?"

"你都好久没来看我们了。我们打扰了近半个月,心中过意不去,于是准备了点儿酒菜,想邀你一聚。不知白凰大人赏脸否?"朗尼一脸天真无邪。

"难得朗尼也斯文起来,看来这竹林小墅却有熏陶之效啊。既然四位兴致这么高,走吧。"白凰心情很好,他其实挺愿意同这几个异时空来的朋友聊天,他觉得和这些人在一起生活要简单有趣得多。平日里诸多事务要处理,各种关系要梳理,兽人族的威胁、上层地球人类的觊觎、人族内部的各种矛盾争端令他不胜其烦。忙中偷闲与几位小朋友聚欢倒是能求得一时放松。

临出门,白凰特意吩咐身边的人不要跟着,自己要去和朋友小聚,很快便会回来。

"这倒省了狄克的事了。"朗尼心想:胜算又多了一成。

马莉做了几道风味小菜,一尝味道还不错。狄克也温好了酒,朗尼搬来小板凳,几人在月下谈谈笑笑,酒过三巡,白凰便有了些醉意。院中有一棵海棠树正值繁花满枝的时节,红蕊怒放,暗送秋香。更有满月清风相随,竹林摇曳,天籁踏空而来。海棠树下斜卧青石床一张,于月光下反射着幽光。"花间一壶酒,独酌无相亲。举杯邀明月,对影成三人。月既不解饮,影徒随我身。暂伴月将影,行乐须及春。我歌月徘徊,我舞影零乱……"见此情此景,狄克用深沉的低音念起李白的《月下独酌》,又平添一分别致。白凰躺在青石床上,听着狄克念的诗,渐入睡境。

见桌上的小菜已经吃得差不多,马莉回到厨房,准备再做点小吃。

"白凰,白凰,今晚月色如何?"朗尼蹑手蹑脚地走到白凰身边,小心地试探着。

见白凰毫无动静,朗尼便招呼凌茜过来。凌茜伸出手腕,按盖琦所说的覆在白凰的额头。

"你们在干什么?"数据刚读取到一半,就听半空中传来一声怒喝。原来白凰的随从见白凰久久不归,又赶上兽人族有躁动倾向,便急忙赶来请示白凰。随从刚来就见到凌茜的手放在白凰的额头上,以为几人居心叵测,图谋不轨,立刻喝住了几人。

三人都吓了一跳,一时之间手足无措,在几个随从面前毫无抵抗能力,被白凰的人绑了个结结实实。

刚绑好,白凰的酒就醒了。"报告主上,这些居心叵测的小毛孩,凭着主上的信任居然敢暗算主上,今被缉拿在此,听凭主上发落!"不等白凰开口,一个青衣人禀报道。"怎么回事?"白凰面色铁青,看了一眼凌茜,又看向青衣人。

青衣人指着凌茜的手腕:"他们是上层地球派来的人,幸亏我早就有所防备,凭这几个小毛孩还想暗算咱们,只可惜跑了一个……"白凰摆了摆手,打断了他的话。他看起来很疲惫,缓缓闭上眼睛,他的心凉了一半,感觉处处都是暗算,于是苦笑了一下。凌茜看着他的神态,心里非常愧疚。朗尼更是落下泪来。狄克虽然心里也不好受,但他一心想着该怎么逃脱出去。白凰终于睁开眼睛,他没有再看凌茜三人,只是挥了挥手:"带下去吧,先锁进地下监狱。"紧接着白凰又补充了一句:"等等,先关着,不要用刑,不要伤害他们,我自有打算。"凌茜感激地看了白凰一眼,白凰只是默默转过身去。

　　凌茜三人被五花大绑地押出来，一路北去。三人在途中不停地想怎样才能逃脱，可是周围的看守太多，自身又被困得一点儿动弹不得，根本没有办法脱身，只能盼望出现奇迹了。

　　三人垂头丧气地跟着白凰的人向前走，连乐观的朗尼也认为这次是真完了，根本没有心思说话。

　　凌茜想着该怎么告诉盖琦这个消息，忽然想起马莉当时在厨房，有幸逃过此劫，但不知道去了哪里。

　　忽然，前面传来乱哄哄的声音，众人抬头一看，一群人首兽身的生物朝这边冲来，它们身后扬起一片尘土。"糟了，兽人族又来挑衅了！"为首的青衣人皱了皱眉，"主上让保全你们的性命，现在这情况我们也麻烦了，你们各自逃命吧！"说着他便斩断了捆绑三人的绳子，然后抽出武器向前迎战。

　　随即青衣人带头冲了出去，双方展开激烈的打斗，三人则待在原处。

　　"我们现在怎么办？要不要帮帮白凰他们？"朗尼问道。

　　"帮忙？我们能帮上什么忙？"狄克给了朗尼一个大大的白眼。

　　"这里不能待了，看样子白凰的人抵抗不了多久，万一兽人族发现我们，就麻烦了。"凌茜一句话点醒了只顾观战的朗尼和狄克，三人掉头就跑。

　　可是越跑背后的脚步声越响。"哇啊啊！救命啊！那群兽人过来了！"朗尼回头一看，只见兽人黑压压的一片，就像一座移动的小山丘。

　　"快，进森林。"凌茜急忙招呼朗尼和狄克。

　　三人跑向了森林，兽人也跟了进来。越到森林的深处树木越多，奔跑就越费力，好在兽人少了一些，三人逐渐减缓了速度。趁兽人不注意，三人拐了一个弯，这才暂时甩掉了兽人。

　　趁兽人还没追上来，凌茜一屁股坐在了地上，喘着粗气问道："我——我们还——还能躲开吗？"

朗尼似乎一点也感觉不到累,回答道:"现在也只有试试看了,待会我们绕圈子跑,绕回刚刚他们打斗的地方。"

刚刚喘了几口气,不料身后又响起兽人的怒吼声。

三人撒腿就跑。

凌茜一边跑一边回头看,发现这群兽人有的上半身是人形,下半身是兽形;有的上半身是兽形,下半身是人形;更令人恐惧的是,有的兽人下半身是人形,上半身竟然是蛇形,巨大的鳞片反着令人不寒而栗的冷光,"嗞嗞……嗞……"地吐着舌头,瞪着血红的眼睛,面目狰狞。

"大家往不同的方向跑!"凌茜一声令下,三人默契地散开,朝灌木丛跑去。

兽人巨大的身躯同三人擦肩而过,等兽人站住脚,才意识到猎物不见了。

兽人彻底被激怒了,又朝着三人猛冲回来。

"小心,他们回来了!大家快跑!"朗尼朝着四周吆喝了一声,不料却没有听见凌茜和狄克的回应,反而由于声音过大,吸引了所有兽人的视线,兽人迅速朝着朗尼冲了过来。

朗尼一边跑一边回头看,寻找着两个同伴的影子,却毫无所获。身后为首的是一个下半身是袋鼠的兽人,他健壮的后腿比朗尼的腰还粗,使劲一跳可达两三米高,短短的前肢耷拉在胸前。朗尼专找灌木丛钻,袋鼠人却不敢直接跳入,只好绕着灌木丛追捕,这样一来,浪费了不少时间,双方陷入了胶着的追击战中。

朗尼清楚地意识到三人已经走散了。

追击持续了十多分钟,兽人没有半点儿要停下来的意思,好像有用不完的力气;而朗尼的耐力再强,经过这么长时间的奔跑,体力已经快跟不上了,心想:"再这样下去也不是办法,得赶紧绕回去才行。"恰好五十米远处有一条更加狭窄的小路,朗尼不及细想,便抄了过去。

细窄的林间小道将兽人的步伐减缓了不少,朗尼也放慢了脚步以便节省体力,边跑边观察着周围的地形。

朗尼远远瞧见前面有一片高高的灌木丛,刚好可以没过自己,于是打算从这片灌木丛绕过去一直往前跑,看能否回到当初失散的地点。

这时朗尼又使出了"迷魂阵",他将被汗水浸透的上衣脱下,扔到了原来的小路上,然后加快速度,拐了一个弯,跑到了那片灌木丛里。盘算着就算不能彻底误导敌人,也能暂时拖延一下,为逃跑争取点儿时间。

果然,朗尼这一路跑,都没听见兽人的动静。回到刚才失散的地方,正碰见凌茜和狄克,二人喘着粗气,显然也是刚刚才回到这里。

"怎样,你们怎么回来得这么快?"朗尼喘着粗气问道。

"大部分兽人已经被你吸引过去了,跟着我们的兽人不多,蓝豹和蓝翼鸟帮忙把他们击退了,不过也费了不少力气。"狄克解释道。

"接下来该怎么办?"凌茜问道。

"小心!"凌茜话语刚落,狄克已经飞身扑倒了发呆的朗尼,一支飞箭击穿了朗尼背后的树干。

朗尼心有余悸地看了看被戳穿的树干,望着狄克说道:"谢谢!"

"不客气。"不习惯别人对自己道谢的狄克立马红了脸,有些支支吾吾。

"居然有冷箭! 看来这儿也不安全,我们赶快再找个地儿避避吧。"说着,凌茜茫然地向四周望去。

"糟了,恐龙又来了!"朗尼指着远处的一群小黑点说。

"我们现在去哪儿? 你联系盖琦了没?"凌茜问狄克。

"大概是'梦空间'不稳定的原因,没有联系上。不过还好,我们还有灵兽。前无出路,后有追兵,怎么办?"连冷静的狄克也开始焦虑了。

关键时刻,凌茜站了起来:"嗯,虽然如此,我们三个还在一起,我们还有灵兽。先往前走着再说吧,天无绝人之路。走吧!"

连女生都这么说,狄克和朗尼更没有理由放弃,三个小伙伴靠拢过来,第一次将手握在了一起。"走!"——声音坚定而充满力量。

一路上,三人没有商讨什么,望着远方紫红色的天空,向前跑去。

安静并没有持续多久,半空中又响起恐龙的吼声和蛇人尖锐的嘶鸣声。

"快跑!"狄克拉起凌茜,三人慌不择路地向前跑。

"错了错了,快折向右边,前面有恐龙!"朗尼及时发现,带着凌茜和狄克向右跑。

"完了,右面有蛇人过来了!"一大群蛇人从右面的树林中溜出来。

"我们被包围了!"狄克看到左边又涌现出一批兽人,嗓音都颤抖了。

"看来躲不了了,赶快呼唤灵兽出来吧!"凌茜往前走了一步,站到一堆枯树叶上,准备召唤灵兽。

不料枯树叶中的一根蔓藤却悄悄地爬上了凌茜的脚踝。"啪!"的一声,那根蔓藤抽动了一下,把凌茜一下子甩倒在地上。

凌茜伸出双手想要解下脚上的蔓藤,没料想蔓藤缠得更紧了。一旁的朗尼发觉不对劲,顺着蔓藤望去,发现蔓藤的末端竟是人身!

"是蛇人! 小心!"朗尼和狄克急忙上前,朗尼一个箭步冲上去一拳将比自己大好几倍的蛇人打翻在地,蛇人愤怒地反攻,但蛇尾依然紧紧地缠住凌茜,而且越缠越往上,几乎就要没过凌茜的脖子了,狄克见状一把扯过树枝,狠狠地插进了蛇尾,蛇身立刻抽搐了一下,缩回去不少。

凌茜把全身的力气都集中在手臂上,猛地一抽,终于抽出了手臂,但手臂被锋利的鳞片划出一道道伤口,渗出一串鲜红的血珠。凌茜扶正了戒指,双手合十,一道耀眼的蓝光出现在众人的眼前。

"蓝翼鸟,闪电攻击!"凌茜使出全身的力气朝空中的蓝翼鸟喊道。

"轰——隆!"蓝翼鸟得令后从嘴中喷出一道耀眼的闪电,朗尼和狄克见状立马从蛇人的身旁闪开,吱吱作响的闪电直直地劈向蛇兽的人身,蛇人立马被烧伤了,空气中充斥着肉被烧焦的味道。蛇人终于松开了紧紧缠绕在凌茜身上的蛇尾,倒在地上痛苦地翻腾,昏过去了。

狄克和朗尼目瞪口呆地看着威力惊人的蓝翼鸟,便迫不及待地各自召唤出了蓝豹和焰尾猫。

刚刚领略过蓝翼鸟威力的兽人都暂时停下了攻击,刚刚赶到的恐龙也暂时停下来,将三人团团围住,不敢贸然向前,后面的兽人和恐龙不断赶到,合围的圈子越来越大。

"我们……刚才的动作是不是搞得有点大?"朗尼看着越来越多的兽人和恐龙吞了吞口水问道。

凌茜苦着脸:"有什么办法,都是被这群紧追不舍的家伙逼的,给他们点儿厉害瞧瞧!"

三人展开了猛烈地攻击。

凌茜骑上蓝翼鸟飞了起来,变换着方向不停地向敌人俯冲,敌人为了躲闪,阵形大乱。

"先在周围五米发动小范围攻击,为我们争取缓冲的空间,然后再发动后续攻击。"凌茜在空中指挥朗尼和狄克发起最有效的攻击。

蓝豹也表现神勇,飞速奔跑,战场顿时飞沙走石,沙子迷住了敌人的眼,使他们迷失了方向,找不到攻击的目标;蓝豹又制造出一个个小旋风,将兽人和恐龙圈成一个个的小队伍,使攻击目标更加集中。

焰尾猫按照主人的吩咐使用了进村时的招数,制造出威力更猛、持久性更强的热浪,打入一个个小旋风的中心。

"注意,让它们失去战斗力即可,不必火力全开。"凌茜见状大声呼喊。

战场上一片哀号,空气中再次弥漫着肉被烧焦的味道。沙尘慢慢散去,只见四周全是苦苦挣扎的兽人和恐龙。

可是,剩下的兽人和恐龙见状,不仅没有撤退,反而更加狂躁,再次围上来,发动攻击。

凌茜见此情况,赶紧指挥二人:"快,扩大范围,加强攻击,还是刚才的办法……"

"啊,你说什么,啊……"狄克骑着蓝豹飞速跑向没有受伤的兽人和恐龙,他命令蓝豹加速,加速……直到制造出来的旋风把新一批的兽人和恐龙圈成一团,狄克和蓝豹才停了下来。

焰尾猫制出的热浪随即跟进,这次的哀号声比刚才更强烈……

狄克从蓝豹的身上下来,晃了晃脑袋,哭笑不得地跟朗尼说道:"我想,以后我坐过山车再也不会晕了。"

"啊,不对,敌人还那么多,怎么回事?"凌茜在空中接近崩溃。"快,发动新一轮的攻击……"

朗尼没有理会凌茜的话,而是蹲到地上,观察起地上受伤的蛇人。

"狄克,你快来看看这些蛇人!"朗尼招呼道。

狄克也蹲到地上,仔细地观察起来。

朗尼看着地上伤痕累累的蛇人,在心里想到:"这些蛇人伤得很重,按理说他们一时半会儿是爬不起来了,可为什么敌人的数量却一直都不减呢?"

朗尼闭上眼睛向眼前奄奄一息的蛇人默哀,他伸出手轻轻地摸了摸蛇人的伤口,可是,摸着摸着,却……

朗尼一个激灵跳了起来,他惊恐地看着地上的敌人,凌茜跳下蓝翼鸟向朗尼这边跑来,刚好听到了朗尼的话——"他们的伤口不见了!"

狄克听后恍然大悟,知道敌人的数量为什么一直不减了。

蛇人的伤口正以肉眼难以察觉的速度慢慢地愈合着,没过一会儿,就看到两个刚刚痊愈的蛇人站了起来。

"蓝豹,你去对付他们。"狄克对蓝豹下了命令,"对了,顺便也把剩下的这几个一块儿解决了吧。下手狠点儿!"

狄克刚刚说完,就听到凌茜一声大喊:"救命呀!"

他忙转过身去,看到凌茜已经被兽人逼到了悬崖边,而蓝翼鸟正在远处和一群恐龙大战,暂时无法脱身。

眼看兽人在一步步逼近凌茜,狄克急得拼命朝凌茜跑去。"嘭!"一条蛇尾甩过来,重重地打在狄克脸上,狄克一下子趴在了地上。"啊……"一声凄厉的叫喊传来,狄克猛一抬头,看到凌茜一脚踩空,掉下了悬崖。

正当狄克万念俱灰时,他感觉一道闪电从头顶掠过,原来是蓝翼鸟展开双翅冲下了悬崖,救主人去了。

"但愿……"狄克一边心里默默为凌茜祈祷,一边咒骂:"王八蛋!居然把凌茜逼下悬崖了!"狄克愤怒极了,他大喊一声:"蓝豹,上!"

悬崖边的那些兽人见凌茜掉下了悬崖又浩浩荡荡地朝朗尼和

狄克奔来。

　　蓝豹便一个翻滚跃上前去，和那群兽人大战起来。蓝豹激起一阵阵旋风，刮得天昏地暗，焰尾猫吐出一团团火球，战场仿佛变成一片火海。

　　兽人被这阵势震慑住了，无法再前进一步。

　　二人退到一棵粗壮的大树旁，倚着树喘着粗气。这场战斗实在是太消耗体力了，二人已筋疲力尽，朗尼的双腿都在颤抖。

　　"凌茜呢？"朗尼这才四下里望着，诧异地问。

　　"掉下悬崖去了……蓝翼鸟去接她了，不过我觉得凶多吉少，当时蓝翼鸟离她还有一定距离……"狄克眼里噙着泪珠。

　　"啊！"朗尼一下子跳起来，"掉下悬崖了？活要见人，死要见尸，我就是把自己搭在这儿，也要把她带回去。走，下悬崖！"朗尼急得落下泪来，转动戒指，想收回灵兽，说着就要动身……

　　"蓝豹！"狄克也想召回自己的灵兽，突然发现朗尼不见了……

七、结识飞龙

　　"朗尼……你在哪？你别吓我！"狄克大惊失色地喊道，"噌"的一声从地上坐了起来，一步跳到朗尼刚才坐的地方。

　　在树根处朗尼刚才坐的位置后面，有个裂开的洞。

　　"看样子应该是从这里掉下去了。"狄克心想。

　　狄克往前探了探头，小心翼翼地朝下喊了一声："朗尼……朗尼！你在下面吗？"

　　"唉，我在下面……"听朗尼的声音，似乎是刚清醒过来，狄克终于舒了一口气。

　　"你怎么样？有没有摔伤？能爬上来吗？我去找个藤条吧，你先别动。"狄克又朝洞内喊道。

　　"喂，我没事，先别走开。你先让一让，别挡住光，我看一下……这地儿很奇怪，有一个黑色的屋子，长方形，石制，呃，有一扇门……"洞内断断续续传来朗尼的声音，他似乎在走动。

　　狄克稍稍思考了一下，然后说："好的，我知道了，你稍微躲一下，我这就下来。"

　　他向身后看了一眼，蓝豹和焰尾猫还在拼命奋战，不远处一片灰尘。那群兽人被旋风和火焰折腾得不知东南西北了，狄克心想："灵兽，靠你们了，一定要撑住，过会儿就收你们进来。"他对着戒指看了一眼，为了安全起见，还是找来一堆树枝扔到洞口上做掩护，自己拨开一个口钻了下去。

　　"啪！""啊！"狄克稳稳当当地砸到了地面，同时尖叫了一声。

　　"你干吗把洞口堵上？我什么都看不见了！"朗尼抱怨着。

　　"笨蛋，你想让他们发现咱们呀！说真的，这个洞真是裂得及时,真是吉人自有天相,我就知道咱们会绝处逢生的。"说着,狄克又愉快地拍了拍朗尼的肩膀:"你没事吧?"

"没事,就是摔得有些疼。"朗尼一边回答一边摸了摸头上刚刚摔的大包。

"唉,也不知凌茜掉下悬崖后会不会有这么好的运气!"狄克想起凌茜,长叹了一口气,刚刚绝处逃生的好心情一点儿都没有了。

"凌茜,你可千万不能有事呀!"朗尼说,"先看看这里吧,或许有帮助。"

"嗯,事到如此,也只有这样了。"

"唯一的出口就是那道门了!"朗尼指了指洞深处。

没有灯光,狄克用手指摸了一下墙壁,送到鼻端:"铜锈味,是铜门。"

"哎,这里有一条飞龙。不对,是两条,我摸到龙头了。"朗尼也有收获。

"哎,把手,朗尼,你那边有没有,我一个人推不动。"狄克欣喜若狂。狄克是有理由激动的,这个门设置在此处,是大铜门,还有雕龙,一切都跟自己以前看过的《盗墓笔记》里的情节不谋而合,直觉告诉他这门背后一定有什么重要的东西。

"一、二、三……"两人使出了吃奶的劲,门被打开了,掀起一股灰尘,呛得二人直咳嗽。

"哐!"二人刚踏进门,身后的门就自动关闭了,吓得二人出了一身冷汗。

这里点着四盏鎏金鸾凤灯。四盏灯的造型虽有不同,但凤嘴上珍珠大小的晶体都散发着五彩的幽光,凤鸟的双翼凌空而展,似有飞天之态。灯柱上雕着和门把上一样的飞龙图案,在灯光的映衬下显得更生动逼真。灯柱高高竖立,灯光反射向光亮的屋顶,又向四周折散开来,营造出一种变幻不定的气氛。

二人暂时忘记了一切,被这精巧的工艺折服了。

"朗尼,你看,这墙壁上是什么?"狄克摸了摸墙壁,觉得上面似乎涂了一层特殊材料。

"不太清楚,大概是画一样的东西。"灯光摇曳,朗尼也看不出具体内容。"等等,有脚步声,快到角落蹲下。"朗尼说。周围并无可以躲避的地方,二人只好蹲在墙角昏暗处,希望不会被来人发现。

二人刚蹲下,屏住呼吸,就听见脚步声由远至近地传来。

墙壁上忽然凭空打开了一道门,进来一个人,房间里随即亮了不少。

朗尼和狄克幸好在那扇门的侧面,暂时没有暴露。

二人定睛看去,只见这人身着软金铠甲,其上布满铮亮的鳞片,肩披一件火红的大氅,在灯下犹如一团流动的火焰。

看得朗尼不禁咽了下口水。

"谁在后面?"岂料那人竟然听见,转过身来,冲着朗尼和狄克藏身的角落大喝一声。

这一声如同晴天霹雳一般,把朗尼和狄克吓得一个哆嗦坐在地上,甚至都叫出了声。

"是谁胆敢闯进我的密室? 还不快滚出来?"红衣人发怒了。二人躲在暗处,看见那人星目怒张,剑眉倒竖。

"实在抱歉,我们并非有意冒犯,只因被兽人追赶,掉入树洞,才误入此处。我们没动密室内的任何东西,请见谅。如有打扰,我们现在就走!"朗尼说着,拉起狄克就要走。

"站住,我这儿岂是你们说来就来说走就走的! 戒指给我!"红衣人命令二人。

"戒指,什么戒指?"狄克假装毫不知情地反问。

"不给是吧,给你们点儿厉害瞧瞧!"红衣人刚刚说完,一股强有力的气浪就朝朗尼和狄克涌来。二人急忙双手合十召唤灵兽,蓝豹和焰尾猫腾空而降,帮他们接住了气浪,又反击回去。焰尾猫吐出一个个火球。不一会儿,密室里便满地滚动着火团。蓝豹还打碎了两盏灯。

"糟了,就算人家原本有心放我们,这下也没戏了。"狄克叫苦不迭。

"敢用灵兽来对付我!"红衣人被彻底激怒了,从怀里掏出一面镜子,不知使出什么招式,顿时蓬荜生辉,强烈的光芒照得朗尼和狄克完全睁不开眼睛。灵兽也被这光芒照得头晕眼花,暂时停止了攻击。

"快把灵兽收了,否则我杀了它们!"红衣人恶狠狠地威胁朗尼和狄克,将镜子对准了二人。

顿时,二人感到头晕眼花,而且都有些站立不稳,感觉整个地面就像颠簸的海面。他们努力睁开眼看去,见灵兽也都踉踉跄跄的好像随时要栽跟头。狄克知道只有乖乖听红衣人的话了。他转动戒指,收了灵兽。朗尼看到狄克收了灵兽,自己也转动了戒指。

"怎么样,见识到我飞龙的厉害了吧!"红衣人很得意,"我本来可以放你们一马的,但你们既然是上层地球派来的,又拿灵兽对付我,还打碎我的灯盏,那就怪不得我了!"红衣人说着,暂时收了镜子,却又拿出一个八面镜,在手里把玩。

朗尼和狄克这下算是刚出了虎穴又进了狼窝。他们好奇地看着飞龙手中的八面镜,只见八个镜面中的景致各不相同,或云烟缭绕,或风雨凄凄,或琼楼玉宇,或大漠风沙,且各种景致在时时变化,变幻不定。

"你们想进去试一试吗?"飞龙抬起头来,冲他们诡异地一笑。"这面镜子俗称千面镜,和我这密室一样进去了可就不容易出来了,平常人可没有多少机会进去呢。"不等朗尼他们回答,飞龙就仰头笑着运起气来将千面镜托到半空,顿时朗尼和狄克感到整个世界都旋转起来,一股很强的引力将他们吸向千面镜,就像被山洞吸进去时的那种感觉,也是他们进入下层地球时的那种感觉,旋转、摇摆、失重、尖叫、眩晕……

朗尼发现自己来到一块广阔的草原上,正是乐歌中的"天苍苍,野茫茫,风吹草低"的景象,却"不见牛羊",天地间一片死气沉沉,毫无生气。

"这就是千面镜中的世界吧。一花一世界,一叶一菩提,没想到镜中也有如此乾坤。"朗尼半是惊讶、半是沮丧地在草原上漫无目的地走着。

天空开始下起小雨,弥天漫地一派烟雨。要不是身处镜中,这一片风雨在草原里欣赏起来,倒也颇有一番情趣。

可是风越来越大,雨越下越密,脚下的路越来越难走,到处都那么泥泞,朗尼一不小心滑倒了,重重摔了一跤。

"该死!"朗尼索性坐在了泥泞里,又爬起来,心情由沮丧变成了愤怒。

骂着灰蒙蒙的天,骂着该死的路,越骂雨越大,凹凸不平的地面开始有了水坑,路更难走了。终于朗尼也骂不动了,肚子越来越饿,湿漉漉的衣服紧贴着身体,越来越冷,他坐在地上托着腮看着灰蒙蒙的天空。

"不要太执著自己的境遇,要时时刻刻让自己的心中充满阳光,世界其实只是心的倒影。"他忽然想起以前在寺院时师傅说过的话,这些话他以前只是听听,没放在心上,现在仔细想想,觉得还是很有道理的。

朗尼开始盘起双腿,打坐,口中念着经决,心里逐渐变得平静了,感觉雨也比刚才小了很多。朗尼想起以前在寺院里的生活,想着师傅的关怀,心里很温暖。他又想起这几个月和凌茜、狄克、马莉在一起的日子,凌茜送给他的白眼,马莉小心翼翼的神态,狄克舍身救己的样子,这些小伙伴们是多么可爱,点点滴滴都很美好。

"走吧,去找找狄克。"说着朗尼又爬了起来,坚定地向着前方走去。他就这么边走边想,想着一些可爱的人、温暖的事,等他回过神来,天已经完全晴朗起来了。脚底的路渐渐干燥起来,草原上开着一团团不知名的花。耳边突然传来一阵鸟啼声,抬头一看,天空中竟有一群淡黄色的黄鹂鸟低掠而过,朗尼内心不由得高兴起来,感觉自己也身轻如燕,仿佛纵身一跃也能飞一样。

走了一会儿,朗尼远远看到一个人朝自己走来,走近一看,原来是凌茜。朗尼开心极了,飞奔过去,伸开胳膊就要抱凌茜:"凌茜,我还以为再也见不到你了,你没事吧?有没有受伤?你怎么会到这里来?"凌茜却狠狠一甩胳膊,冷冷地躲开朗尼的拥抱,脸色铁青地看着他。"朗尼,我一直以为你们会来救我,当时我都被逼到悬崖边了,你们不来救我,我掉下去了,你们也不管我,现在独自在这儿逍遥,哪还记得我的死活!"

听到这话,朗尼心中不免有些失落,但想着凌茜没事就好,其他的都无所谓了。"我当时真的没注意到,后来我们一直想着要去找你,不料鬼使神差地又被飞龙拖住了……"朗尼还没说完,就被凌茜打断了。

"不用解释了。我一直以为我们一起经历过大灾大难,早已是生死之交。没想到在生死关头,我能相信的依然只有自己。算了,原本就是我看错人了。从此以后,你走你的阳关道,我过我的独木桥,再不相关。"凌茜说完,转过身疾步向前走去。

"凌茜,这里的情况不明,你别一个人走!"朗尼边说边追着凌茜。

突然,一支箭朝凌茜射去,凌茜完全没有察觉到。"凌茜,小心!"朗尼心中一急,扑上去用身体挡箭,"嗖"的一声,飞箭射中了朗尼的胳膊。

"啊!"朗尼疼得大叫起来。凌茜终于转过身,默默看了朗尼一眼,帮他拔出箭头,简单包扎了一下。

朗尼憨憨地笑着对凌茜说:"谢谢你呀,你不生我的气了?"

凌茜依然冷着脸,态度却稍微缓和了一些:"你不用再为我操心了。我要走了,盖琦来接我。他这次只能接一个人上去,下层地球

还需要留人完成一些任务。我觉得还是你留在这儿比较合适。"凌茜说完头也不回地走了。

看着她的背影渐渐远去,朗尼有种被愚弄的感觉。想着之前三个人在一起的种种经历,他想不通凌茜怎么会变得这么冷漠、自私。不过又一想,毕竟在她危难之时,自己没能及时赶到,一个人孤零零的也不知道经受了多少磨难,难免会产生误解,一旦有机会也肯定最想离开这里。不过,她走了也好,至少安全了,这样安排似乎也不错。

也不知走了多久,朗尼远远看见正前方有一处山明水秀的地方,群山连绵起伏,溪水潺潺流淌,大地上碧草如茵,还有几户人家星星点点地散布着。终于看见人烟了,朗尼飞快地向前跑去。不等他跑到跟前,突然从一个屋子里钻出来一个人,朗尼定睛一看,竟是飞龙。飞龙把朗尼的戒指拿在手中,一脸轻蔑地看着朗尼。

朗尼心想:"那不是我的戒指吗,怎么到了他的手中? 顾不了太多,先拿回再说。"

"还我戒指!"朗尼愤怒地说。飞龙不答,又拿出一串玉珠迎着阳光把玩起来。朗尼见了心中大惊:这串玉珠是离开寺庙时师傅给自己的,是寺庙中历代主持之间代代相传的信物。师傅将它交付给自己,自然别有深意。如果丢了可怎么向师傅交代! 这串玉珠自己一直贴身带着,从来没有让任何人看见过,现在怎么会在飞龙这儿?

"我的珠子! 那是我的东西。快还给我!"朗尼动手就要去抢。

岂料飞龙武功高强,朗尼无论如何也近不了飞龙的身,更不用说拿回戒指和串珠,只能眼睁睁着飞龙把玩自己的串珠和戒指。

而飞龙好像根本不在意朗尼在说什么,依然悠然地把玩着玉珠,半晌才用讥讽的语调说:"你以为我是来跟你讨价还价的? 这珠子和戒指我都收下了,你这条小命我倒可以给你留着。"说完转身就走。

"还给我!"朗尼愤怒极了,这是他最珍惜的两样东西,无论如何也不能失去。朗尼一个箭步跃到飞龙身后,一把拉住他的胳膊。飞龙转过身来,轻轻一甩衣袖,"啪"的一声,朗尼被摔了个仰面朝天,疼得挣扎了好久才爬起来。

朗尼急红了眼,趁飞龙没有防备,用尽全身力气使出一记重拳,竟将飞龙打倒在地。飞龙翻身跃起和朗尼厮打起来,二人越打越猛。近身格斗是朗尼的强项,随着出拳的速度越来越快,飞龙竟然有些招架不住。朗尼看准时机将飞龙的胳膊一拨,一脚绊倒飞龙,将他压在了地上。飞龙挣扎着想爬起来,朗尼用膝盖顶住他的后背,使他无法用力。

"把戒指和玉珠还给我!快!"

"我认输了,你放我起来,放我起来我就还你!"飞龙放弃了挣扎。

朗尼犹豫了一下,站了起来。"嗖"的一声,飞龙向后退出一米多远,将自己包裹在一个大气泡中央。

"你骗我!这次不会放过你了!"说着,朗尼就向气泡冲去,狠狠地砸了气泡一拳。气泡极有弹性,将朗尼弹了回去。

"啊!"不料气泡中心的飞龙吐出一口鲜血。

"你使诈,居然将自己封闭起来!"朗尼被人耍了,爬起来对着气泡又是哐哐几拳。

"啊!啊!"气泡中的飞龙又喷出几口鲜血,连衣服都被染红了。他脸色十分苍白,终于支撑不住,倒在地上,一动不动地趴着。

"怎么回事?难道这就是传说中的隔空打物吗?"朗尼一时摸不着头脑。

"戒指和玉珠已经被封在气泡里了。除非打破气泡,杀了我,要么你会永远失去它们。"飞龙的眼光有些凄凉。

"到底怎么回事?"朗尼只想取回串珠和戒指,并不想要飞龙的性命。

"这气泡是用我功力铸成,已与我合为一体。我就是气泡,气泡

就是我。除非你打碎气泡,杀了我,否则别想拿回东西……"飞龙的声音越来越小,后几个字几乎听不清。

"我要你的命干吗? 我要的是我的戒指和珠子。你快把它们给我,我就不动你的气泡了。"

飞龙没有任何反应,趴在地上一动不动。

"你说话啊! 你没事吧? 我本意并非如此……"朗尼没想到自己这几拳威力这么大,心里很过意不去。

"你杀了我吧……"过了半天,飞龙挣扎着说,看上去已经十分虚弱。

朗尼十分无奈,看着飞龙奄奄一息地躺在地上,心里也很难受。要拿回自己的东西,就必须伤人性命,但师傅曾教导——要以慈悲为怀。

"算了,我不要串珠了。你好好养伤吧! 这个珠子可以疗伤,你一颗一颗转动它,心怀善念,静心静意。善待我的焰尾猫。"朗尼狠了狠心,转身离开。

"等等,你不怕我骗你?"飞龙挣扎着抬起头,看着他。

"你我之间并无深仇大恨,伤你性命也绝非我本意。我目前自身难保,玉珠和焰尾猫放在你那儿,总比跟着我四处漂泊要好。"

"你是个好孩子。"飞龙叹了口气,看着朗尼的背影,目光里透出一丝温情。

"算了,师傅常说佛渡有缘人,既然这珠子和你有缘就给你吧,好好保存它! 唉……"朗尼摇了摇头,向前走去。

代代相传的信物到自己手里却丢了,朗尼不知道回去后该怎么向师傅交代。凌茜和狄克不在,自己又失去了焰尾猫,朗尼感到前所未有的无助,但又想到大家或许都还安全,心情便不那么沉重了。

朗尼越走越觉得身体变得轻盈,刚开始还以为是心理原因,可是这种感觉越来越明显。他用力向空中一跳,结果真的离开地面,飞了起来。

"天啊，我这不是在做梦吧！"朗尼不敢相信自己在空中升得越来越高。微风迎面拂来，蓝天好像敞开了怀抱，朗尼已经沉浸在飞翔的感觉中。

突然前面飘来一片云，朗尼身在云中，恍惚不辨四周，但隐隐约约感觉踩到了什么，心想："不会真的存在天庭这种传说中的东西吧？！"

等云飞过，朗尼看到飞龙正在面前笑眯眯地看着自己——原来自己已经飞出千面镜回到了地上。

"你的伤这么快就好了？我怎么到这儿了？"朗尼惊讶地看着飞龙。

"孩子，你还没清醒过来吧！你忘了之前被我锁进千面镜里了？"飞龙指着依然悬在半空的镜子说，"进到这面镜子里的人可是很少有能出来的。祝贺你成功飞出千面镜！"说着，飞龙拍了拍朗尼的肩膀。

朗尼恍然大悟，他想起自己和狄克当初是被这个东西给吸进去了。"狄克呢？他出来了吗？"朗尼焦急地问。

"你那个朋友看来被困在里面了。"飞龙指给朗尼看狄克的处境。镜中天上乌云滚滚，狄克面色凝重，嘴唇不停翻动，好像在咒骂着谁。

"这究竟是怎么回事？为什么我在里面会遇到那么多事，跟做梦似的？"朗尼连忙质问飞龙。

"真即是幻，幻即是真，色即是空，空即是色。"飞龙微仰着头沉吟着，看到朗尼一脸茫然，又说道："你是佛家人，自然该明白。这千面镜其实是个小型梦空间，梦空间是我们这个时代最伟大的发明，它有很多种类型，有高级的，有低级的。千面镜是最高级的一种。人进了千面镜其实就是钻进了自己的内心世界，威胁着你的其实是你自己内心的想法、念头。人不了解自己的内心时，一旦钻进去就很难走出来。镜中的景色会随着你心境的变化而变化，人在镜中会

碰到自己喜欢的人，也会碰到自己憎恨的人，会像做梦似的遇到各种情境。心中每感动一次，每发一次善心，每做一件善事，镜中的人就会强大一点，轻盈一点，平静一点，直到最后整个人轻若浮云飞出镜面，镜子便再也不能奈何你。当然，一般人没有机会飞出来，他们会迷失在镜子里，把虚幻当作真实，盯着自己的一点小利益，越陷越深，最终被各种情绪所控制，永远走不出来了。你的朋友现在就有这种危险，虽然他已经做得很不错了。"

"为什么我能出来他无法出来呢？我可以进去帮他吗？"朗尼站到镜前，想再一次飞进去。

"不用了，因为他是你的朋友，我会放他出来的。"飞龙微笑着看着朗尼，"我一直看着你在千面镜中的表现，不错，孩子，你让我这颗冰冷的心感到了暖意。"

"敢情那都是虚幻的啊，害我白白为你内疚了那么久。"朗尼既开心又有些恼怒。

"笑话！我怎么会轻易地被你击败呢，那不过是为了考验你的内心而虚构出来的。"连飞龙也觉得好笑。

听到此，朗尼赶紧摸了摸衣服里的串珠，还在。又摸了摸自己的戒指，也在。"那凌茜的冷漠，自然也是假的了，大概是自己担心过度，才有此心魔，无事则好。"朗尼终于放下心来。

"等我放出了你的小伙伴设一桌宴席请你们，以后你就是我飞龙的朋友了，有什么事尽管找我。"飞龙大手一挥，豪爽地边说边走到千面镜前，他一边运气一边念念有声，终于千面镜的光芒开始逐渐减弱。

狄克也从镜中扑出来，朗尼赶紧扶住他。

"地震了，朗尼，快跑！"狄克还没站稳就拉起朗尼要跑。

"狄克，你快醒醒吧，你刚从千面镜里出来！"朗尼拉定他说。

"哦。"狄克转过身，这才回过神来。"还有什么招数都使出来吧！"他愤怒地瞪着飞龙。飞龙大笑起来。朗尼赶快把情况向狄克解释了一遍。狄克恍然大悟地点了点头,红着脸向飞龙道了歉。

　　飞龙带着朗尼他们走出密室,进入了一片广袤的森林。森林中开满了奇花异卉,有的像灯盏,有的像铃铛……还有各种奇形怪状的树木,有的树木互相依偎甚至缠在一起,凉风袭来,树叶沙沙作响,如耳语一般。

　　森林中突然出现一大块空地,上有几座木质圆顶建筑,周围爬满了各种藤类植物,藤条从地下一直长到屋子的窗户前,藤条尽头鲜花尽情地绽放。屋内的各种用具也都是植物制成的:藤叶毯、百合桌、紫藤床等。二人看得惊叹不已,十分羡慕。

　　二人心里记挂着凌茜,在此稍作休息,便提出要离开,就向飞龙告辞了。临走前飞龙给了他们两个木哨,说只要吹响木哨,恐龙、蛇人等兽人就不会为难他们了。二人辞谢了飞龙,按飞龙指引的方向踏上去往悬崖的路。

八、患难之中得真情

凌茜当时在战斗中失足落下悬崖,幸亏悬崖够高,蓝翼鸟冲下去,及时托住了她。

崖底是一片平地。所见之处,杂草丛生,鲜花怒放,满耳的鸟叫声、虫鸣声,空中充斥着花香、草香。凌茜找到一块大石头,爬了上去。想着狄克和朗尼,估计他们会十分担心自己,但该如何上去呢?想着想着,由于连续战斗使体力消耗过多,不知不觉就睡着了。

也不知道过了多久,凌茜被蓝翼鸟凄厉的叫声吵醒了。她睁开眼,只见蓝翼鸟在空中盘旋,便急忙召唤蓝翼鸟。蓝翼鸟悠悠地回到地面,凌茜这才发现鸟背上托着一个人,凌茜上前仔细一看,竟然是白凰,急忙将他从鸟背上扶下来。

"白凰,白凰……"可是白凰毫无反应。

白凰躺在地上,浑身是血,双目紧闭,面色苍白。凌茜忙伸出手去试他的呼吸,气息十分微弱,但还活着。

当务之急,是寻找一个安身之处。凌茜四处查看,才找到一个山洞。洞虽不大,但里面很干燥,暂时可以遮风避雨。她找来一些枯树枝和败落的树叶放在洞中最干燥的地方,铺成一张床,她唤过蓝翼鸟来帮自己托起白凰进了山洞,将他放在床上。

凌茜运用着从电视剧中学来的知识,幸运地在离洞不远处找到一股细小的山泉。她撕下一块还算干净的衣服,用清泉水浸湿了,这才回到洞里,小心地擦拭着白凰的伤口。清洗后,又安排蓝翼鸟出去寻了些野浆果,凌茜吃了一些,又将剩下的浆果一点一点地挤出果汁,滴进白凰口中。

"唉,这样下去什么时候是个头呀?"喂过四五次,白凰还是没有醒的迹象,凌茜托着腮望着洞口,叹了一口气。"你赶紧醒过来吧,你不在,你的竹林小屋怕是保不住了。朗尼和狄克大概也在疯狂地找我吧。你赶紧醒来吧,还有很多事要做。"

凌茜突然意识到,此刻是读取白凰身体密码的大好时机,可又一想,白凰曾把自己当作朋友,这样乘人之危太不够意思,于是决定再等等看。

第二天,凌茜取了山泉水回来,刚进洞口,就发现白凰已经醒了,正坐在山洞里。

"凌茜,谢谢你!"白凰睁开眼感激地看着凌茜,挣扎着就要站起来。

"别,先躺着……你终于醒过来了!"凌茜惊喜地说。

"白凰……"惊喜过后,凌茜想起他们三人对白凰的"暗算",惭愧地低下头:"以前窃取你身体密码的事,真是太抱歉了,辜负了你的好意和信任。我们……"

"没事儿,我也知道发生了什么。你们也是有任务,身不由己。你们还是孩子,我相信你们不是出于恶意的,倒是我当时不应该那么对待你们!"白凰温和地看着凌茜说。

"离开你以后,我们一直十分愧疚。不过你放心,你昏迷的时候,我并没有窃取你的身体密码……"凌茜赶紧发誓。

"如果不是你出手相救,我白凰早就命丧黄泉了,区区身体密码算什么。以后凡有用到我的地方,我一定随叫随到,赴汤蹈火,在所不辞。"白凰拱手抱拳。

"你只要好好养伤就行。对了,你为什么也掉下了这个悬崖?我先解释一下我们的情况吧……"凌茜把他们三人怎么误入未来时空,怎么碰到盖琦,如何接受了盖琦分派的任务,以及进入下层地球的经历——对白凰说来。

"你们很想家了吧? 盖琦说的没错,确实只有他能通过那一幅

太极图让你们回家。其实,盖琦完全不必这么机关算尽,我本人并不反对他们上层地球的人移民下来,但下来后想做这儿的主人,统领我们,那我可就不能答应了。"

"什么?统领你们?盖琦并没有这么说。"凌茜有些惊讶。"不过,或许,大家能和谐相处呢!"

"也许吧,上层地球一直就注重研发高科技,梦空间就是他们的代表产物。毕竟上层地球的生存空间有限,他们凭借手中的高科技,一心想着返回下层地球,进而统治整个地球。我真怕他们搬下来会大肆屠杀,激化下层地球上本来就有的矛盾。如果那样,下层地球就真的成人间地狱了。而眼前这一片风景,也将不复存在。"白凰望着洞外的风景,神色异常凝重。

"唉,我们太天真了。竟然完全相信了他的话,丝毫没有怀疑!对了,你是怎么掉下悬崖的?"

"你以为盖琦只有你们这一着么?我们人族内有些人不服气我当首领,盖琦用利益引诱,鼓动他们联合兽人族来攻打我。我被自己的一个亲信给暗算了,喝下他偷偷下的药后灵力散了大半,被恐龙追击,逼下悬崖了。盖琦不需要动用上层地球的兵力,下层地球的内斗就能让他坐享其成了。"白凰的回忆十分简略,但神情满是苍凉,被自己相信的人暗算,悲凉莫过于此了。

"太可恶了!没想到过了几千年,人心还是如此险恶。没事儿,你好好养伤,回去严惩那个叛徒!我也是被那些恐龙逼下悬崖的,还好有蓝翼鸟托着我……"凌茜把离开白凰后到白凰醒来前的事情大略地说了说。

二人越聊越投机,一直聊到很晚方睡。

崖底清静无人,正好适合修行。白凰日日在林中采气疗伤,晚上在洞里打坐,灵力渐渐增强,内伤也好得差不多了。

这天,凌茜准备带着蓝翼鸟去采野果,刚走出洞口,就看到有两个人从洞旁的树林里走出来。

"有人!"凌茜忙回身告诉正在打坐的白凰,二人走出山洞躲在洞旁的一株灌木下偷偷观察。只见两个人越走越近,原来是朗尼和狄克。

"你说凌茜会在这里吗? 万一她去找咱们了呢?"朗尼边四处观望边问狄克。

"你问我我问谁去! 咱们还能有别的办法吗? 盖琦又联系不上,但愿凌茜在这里吧。"狄克不耐烦地说。

"嗨!"等朗尼二人走近灌木丛时凌茜兴奋地从灌木丛中跳出喊了一声,还在两人肩上重重拍了一下,吓得两人一个趔趄向后倒去,白凰忙赶过去扶住他们。

"凌茜! 真的是你,你没死啊!"朗尼兴奋地给了凌茜一个大大的拥抱。狄克看到凌茜也十分激动,又看到旁边的白凰,顿时觉得十分尴尬。

凌茜走过来笑着把这几日发生的事告诉了朗尼和狄克。大家劫后余生,久别重逢,都开心极了,聚在一起说个不停。

四人聊起了各自的遭遇。

"看来之前我对飞龙可能有一些误解。"白凰听了朗尼的话若有所思地说。

"你不喜欢飞龙吗? 你们相处得不好吗?"朗尼听了这话,转过头问。

"谈不上喜欢不喜欢,只是利益问题。兽人族对于人族一直有些不满,双方也互有间谍。我刚当上首领,也听了一些关于飞龙的负面消息,也相信了兽人族想要彻底征服人族的消息。想必,对方也是这么理解,产生误会就在所难免了。其实我们俩没有见过面,彼此完全不了解。听说这次是他安排兽人袭击我。当然,我愿意相信这是出于误会。"

"既然如此,不管是不是误会,你们二人最好能抛开成见,坐下来谈一下。如果意见不合,再开战也无妨;如果能促成和平,则是大

功一件,凭借此功劳,巩固你在人族中的威信也是水到渠成的事。"狄克如是说。

"当然是出于误会! 放心吧,飞龙现在是我的朋友,你也是我的朋友,我会调和你们之间的关系让你们也成为好朋友的。"朗尼一脸自信地赶紧拍着胸脯对白凰说。白凰笑着点了点头。

"多亏凌茜这几天的照顾,我觉得我的灵力快恢复得差不多了。这儿不是久待之处,既然事情紧急,我们这就收拾收拾,准备离开吧。你们愿意去我那儿做客吗?"白凰盛情邀请。

"好呀好呀!"朗尼开心地跳起来。

"谢谢你的好意! 不过我想我们该回上层地球了。我们回去向盖琦解释一下,把你的意思传达清楚,争取让大家消除误会,和平相处。"凌茜想早日完成任务赶紧回到过去和家人相聚。

"时机成熟,我们再下来,促成和谈。"朗尼胸有成竹地说。

"也好,我这一回去族内必定一片哗然,要处理的事情太多可能照顾不到你们,万一族内有人对你们不利就不好了。你们早些回去联系盖琦吧。我对于盖琦不太了解,你们要万事小心,我把这支短笛给你们,有它在手,归我统辖的人族都不会为难你们,有急事找我就吹响这笛子,我会及时赶来的。"白凰又教会凌茜如何吹出报警的笛音。

随后,白凰拿出一面镜子说道:"这是一个微型的梦空间,如果不方便吹笛,你们可以通过它来通知我。你们只需要照着它进入梦中来找我就行。"白凰将镜子递给凌茜。

交代完一切,四人依依不舍地告了别,凌茜让蓝翼鸟载着白凰飞向悬崖上方。

九、山洞里的密谋

等蓝翼鸟送完白凰回来，三人又返回洞中。

"我们先找点儿东西吃吧，饿死了！"朗尼嚷嚷着。

"就你饿得快！"凌茜白了朗尼一眼，"谁去跟我采野果？"

"我！"朗尼忙举起手来。

"我们还是一起去吧！好不容易在一起，就不要分开了。"狄克紧接着说。

三人在林子里边玩边吃边采，不知不觉已到黄昏时分。大家这才收拾好往回走。

"凌茜，你走的时候忘熄火了，真是浪费……"快到洞口时，朗尼看到洞里有火光，正在抱怨凌茜，被狄克一把扯住，捂住了他的嘴。三人赶紧后退，躲到旁边的灌木丛里观察着洞中的情况。

洞壁上映出一个人的身影。过了片刻，洞中响声大作。山洞壁上裂开一道缝，缝隙越裂越大，竟走出一个人来。

凌茜感觉这人的身影很像马莉。她不敢相信，自己和白凰在这儿住了这么多天，竟然不知道这儿有门。他们这样进出自如，会不会自己早已经处于别人的监控之下了。

凌茜满腹狐疑地看了看狄克，看到狄克怀疑的目光，彼此会意。

"哥哥，你终于来了！"少女听到身后的脚步声，急忙站起身来准备迎接。

三人都惊讶了，心想这么熟悉的声音，不是马莉还能是谁！原来她跑到这儿了。她不是失忆了吗？怎么又有个哥哥？这个哥哥到底是谁？

"嗯，你的任务完成得怎么样？"被称作"哥哥"的人问道。

"是杰森!"三人异口同声。情况更加复杂了,三人带着疑问继续听下去。

"我刚找到他们的藏身地点,来晚了一步,白凰已经走了,那三人也不知去向。"马莉回答道。

"嗯,那随他们自生自灭吧,他们既然得不到白凰的身体密码,也就没什么利用价值了。"那人说道。

"哥哥,你有没有想过,我们这样做对吗? 你制造旋涡引导他们穿越到未来时空,爸爸又派我下来监视他们获取白凰的身体密码,却不顾他们的死活,我觉得他们挺无辜的,其实他们对我也挺好。"

"为了全人类的幸福,有时不得不牺牲一两个人,这是没办法的事情。对了,白凰那边你做得怎么样了?"

"功亏一篑! 我顺利取得了他们的信任,在获取白凰的身体密码时被白凰发现了。幸好当时我在厨房,才有机会逃了出来。白凰和他的随从在路上遇到兽人族和恐龙的袭击,腹背受敌,伤亡惨重。不过,我也没闲着。我放出话去说白凰正在和我们商量让上层地球的人移下来,同时移上去一部分下层地球的人作为交换。他刚当上首领,威信还不牢固,这样一来就更不容易服众了。我听说他的一些部下果然叛变了,联合兽人族将他逼下了悬崖,所以赶紧赶了下来,不过还是来晚了一步。"

"不错,这样一来人族就群龙无首了,兽人族那边咱们再安排安排,争取早日返回上层地球。"

"嗯,我们现在需要做些什么?"

"朗尼他们带着一颗黑钻石,这颗黑钻石可以开启所有的梦空间,威力无比,你有没有看到? 我们现在需要找到这颗黑钻石。"

"爸爸和我说了,刚遇到他们我就注意找了,我看到他们把黑钻石放在一个包里,我设计好情节进入蛇人村引他们来救我,他们果然跑得太急把包落在村子里了。"

"那你有没有去村子里找一下他们的包和衣服? 黑钻石有没有

在里面？”

"我当时没来得及，把包藏在了蛇人村就跟他们跑了，没事儿，那个地方很安全，你稍后去查查白凰的情况，我随后就去蛇村拿包。"

"是她！这个马莉也太可恶了，亏我们那么相信她，还去救她。还有她的哥哥，就是杰森，竟然是他把我们折腾到这鬼地方来的，他们简直太过分了！对了，还有我们的黑钻石和盒子……"朗尼看到他们出去了就开始抱怨，但还没说完，就被狄克给捂住了嘴。

狄克指了指自己衣服里面的贴身小包，朗尼伸手摸了摸，立刻安静了。

凌茜和狄克都没有出声，仔细地听着洞里的动静。

过了一会，确定两人已经走远，凌茜和狄克才松了一口气，凌茜挪到朗尼的面前，上去就给了他一个脑瓜崩儿……

"你想要死吗？就算你想要，我们可不想，干吗连累我们？你刚才喊得那么大声，万一被他们听到，我们就死定了！"凌茜虽然很想大声地朝朗尼吼一顿，但为了保险起见，还是压低了声音。

朗尼也觉得自己做得欠妥，于是低头默默地忍着挨训。

狄克松开了朗尼，朗尼也不再出声，只是一个人默默地坐到了地上。

"对了，狄克，赶紧联系盖琦。不要透露黑钻石和盒子在我们这儿。"凌茜冲着狄克轻声说道。

只见狄克神情紧张，做出手势示意不要出声。原来他看到马莉和杰森又回到了洞中。

"阿嚏！"不料朗尼一个没忍住打了个响喷嚏。

"谁？谁在外面？"洞中二人十分警觉。

"都怪你，你手上有浆果汁，呛到我了。"朗尼还在低声埋怨狄克。

"你们……"朗尼看马莉和杰森发现了自己，正想朝他们发火，

一看到凌茜刀子般的眼神，又把话给咽了回去。

"哟，是马莉，你去哪儿了？怎么也掉下悬崖了？有没有受伤？我们刚采了一些浆果，要不要吃？"凌茜装作一无所知。

"哦，你们还活着呀！"说完这句话，马莉自知失言，脸上的表情很尴尬。

"你们别误会，我妹妹见到你们太激动了，话都不会说了。"杰森迅速反应过来，"她这几天老跟我念叨说当时你们的处境很危险，她真怕你们出什么事，她当时被吓傻了，只顾一个劲儿往前跑，后面很多白凰的手下追着捉她，幸亏我及时赶到了。"

"是呀，这几天我可想你们了。我们也在到处找你们呢。终于见到你们了，我太开心了！"马莉笑得阳光灿烂。

狄克看到她的笑容，觉得很刺眼。明知道他们在编瞎话骗自己，却装出不知道的样子。"你没事儿就好，我们几个不会那么轻易就出事的，放心吧！"狄克也笑着对她说。

"这点果子不够吧，我们再去采一些。你们先进来坐着，稍等，我们很快就回来。"说完，马莉拉着杰森就从洞口出去了。

等马莉和杰森走远后，三人立即联系盖琦："盖琦，我们的任务已经完成了，请你尽快派人来接我们。"

"妹妹，待会儿我联系爸爸，让他过来帮我们，你负责拖住他们。记住，他们可能已经开始怀疑我们的身份，只是一直在掩饰，你千万不能泄露我们和爸爸的关系，听明白了吗？"杰森对马莉说道。

"好的。"

过了好一会儿，两人才回来。

凌茜看着马莉，试探着问道："马莉，你是怎么到这儿来的？我们一直还想着去哪儿找你呢！"

"哦，那天，我正在厨房，见情况不对，就趁机跑了出来。等我回去找你们的时候，你们已经不在竹林小屋了。后来，我哥哥正巧也穿越过来，救了我，带着我来到这里。"马莉脸不红心不跳地撒谎道。

三人对视了一眼。

"你哥哥是怎么到这儿的呢？你之前不是失忆了吗？"凌茜继续问道。

"额，这个嘛……"马莉支支吾吾的，不知道该怎么往下编了。

"我被海水的旋涡给转晕了，不知道怎么被冲到了一个山洞，那刮着奇怪的旋风，我一不小心就被吸进去了。不料醒来的时候，却发现自己到了森林，转了很久才转出来。刚出来就看见走失了很久的妹妹，在紧急关头带着她误打误撞地跑进了这个山洞。马莉确实什么都忘了，见到我后才慢慢想起来一些东西。她记性不好，很多事情容易忘记。"杰森为困窘中的马莉解了围。

"对对，记起来了，是这样的，瞧我这记性，这段时间发生的事太多了，我又有间歇性失忆症，一些事情容易忘记或混淆。对了，你们最近有没有听说过关于黑钻石的事情？"马莉试探着问道。

凌茜担心心直口快的朗尼说漏了，立即接话道："我们之前捡到过一颗黑钻石，但是装黑钻石的包在那次进入蛇人村救你的过程中丢了，现在我们也不知道黑钻石在哪儿，这个东西很重要吗？"

"挺重要的，你们知道吗？我听说未来之城的邪恶组织一直都在寻找那颗黑钻石，据说，那颗黑钻石可以……"马莉相信了他们的话，以为黑钻石真的还在他们丢下的那个包里，她很得意，心中想着那颗黑钻石，不觉说漏了嘴。

"你哪儿知道什么邪恶组织的事，别把道听途说的事情当成事实随便乱讲！"杰森听到马莉说错了话，忙打断她，"别听她说的，她就是听到一些乱七八糟的关于黑钻石的传闻，这种传闻哪儿都有，哪能当真！"

"嘿嘿，哥哥说得是，我就是很好奇，其实我也不太了解。"马莉反应过来，接上杰森的话笑着说。

"浆果还是有些不够。给你们采得少了，我们再去采点儿去，顺便连明天的早餐一块儿带来。"杰森说着，拉着马莉出去了。

朗尼向凌茜和狄克问道:"你们说,马莉刚刚说的到底是不是真的?"

凌茜托着腮帮子回答道:"看杰克的反应应该是真的,邪恶组织应该是存在的,要不然杰森的反应也不会那么大。难道他们还有什么秘密?"

"之前马莉和杰森说他们想利用我们得到白凰的身体密码,夺回黑钻石,返回地球,也就是说他们有可能是邪恶组织,但是马莉刚才又向我们透露了关于邪恶组织的事情,哪有把自己命名为邪恶组织的,肯定还有一股力量。"狄克十分笃定。

"之前马莉说她和盖琦有过接触,有没有可能马莉和杰森是盖琦派下来的?或许我们真的一直对盖琦太信任了。"凌茜灵光一现。

"不可能吧!我觉得盖琦挺好的呀!他为什么要那么做呢?我们不是会帮他们返回下层地球吗?"朗尼觉得无法接受凌茜的这个想法。

"真相往往超出我们的理解和想象,可能盖琦不信任我们呢。杰森不是也说做这一切是为了人类返回地球吗?你忘记盖琦对白凰做的事了吗?说不定对我们也留了后手。"狄克觉得凌茜说得很有道理。

"当然我也只是猜测,没有确凿的证据,我宁愿相信不是盖琦,无论如何我们还得靠他离开这儿,靠他让我们回家呢。"凌茜说。

"感觉事情越来越复杂了,也不知道盖琦什么时候来接我们,这个破地方我真是待够了,这些破事情我再也不想参与了!"朗尼十分不耐烦。

"唉,那两人怎么还没回来?"凌茜问道。

"再等等吧……"狄克有些困了。

十、危险！邪恶组织到达

杰森拉着马莉离开山洞后，在一块平坦的草地上发现了一艘飞船。杰森敲了敲舱门，舱门轻轻地打开，杰森牵着马莉进入了船舱，里面空无一人。

突然，舱门自动关闭了。

杰森的心里忽然有一种不祥的预感，但他又不敢说出来，他怕马莉担心。

"咚咚咚！"马莉敲着舱内另一扇紧闭的门，"爸爸！你在吗？"马莉冲着门缝喊道。

没有人回答，"算了，爸爸有可能正在忙，先坐下吧。"

"哎，我怎么闻到了奇怪的气味？"马莉吸了吸鼻子。

"我怎么没有闻到。"杰森也吸了吸鼻子，"大概是错觉吧。"

"也许吧。"

杰森和马莉坐到了椅子上，没过多久，两人就睡着了。

这时，两个戴着防毒面具的黑衣人从门后面走了出来，将沉睡的马莉和杰森给五花大绑了起来……

山洞这边，三人等了许久也不见马莉和杰森回来，出门寻找了半天也不见两人的踪影。

"那里有个小点，飞船，是飞船！"朗尼惊叫道，可是等狄克和凌茜再细看的时候，飞船已经不见了。

突然，三人的上空传来巨大的轰鸣声，"轰隆隆……轰隆隆……"平静的树林变得扬尘四起，三人都背过身去，用手掌捂住了眼睛。

轰鸣声彻底停止后,三人才转过身来。

"又一艘飞船!"朗尼瞪大眼睛向前望去。

这时,一个熟悉的身影慢慢地从船舱里走了下来。

"你们没事吧?"——这声音是? 没错,是盖琦!

"我们没事! 能见到你真是太好了。"三人忘记了刚才的猜忌,不管之前发生过什么,还是选择了相信最初降临未来时空时为他们提供过帮助的人。

"嗯……只有你们吗?"盖琦朝三人后面望了望。

"对,怎么了? 有什么问题吗?"凌茜装着有些不解。

"额,那,那个,没什么……"盖琦支支吾吾地说道,"我刚刚收到你们的消息,用探测仪找到了五个人,除了你们三个,应——应该还有一个男孩和一个女孩吧?"盖琦试探着向三人问道。

"哦,你是不是在找杰森和马莉?"朗尼脱口而出。

"对对对,就是他们,他们去哪儿了?"盖琦十分着急地问道。

凌茜和狄克二人心有灵犀地对视了一下。

"我们也不知道,我们出来的时候,他们已经不见了。"看盖琦着急得如同火烧眉毛,凌茜起了戒备心。

"不过,我们看见了一艘飞船,也许他们两个坐着飞船飞走了,我们也不知道他们究竟去了哪里……"狄克在说实话,也在装傻充愣。

"飞船……飞船上是不是印着'Skull'的字样?"盖琦更加着急了。

"或许是吧。"朗尼回答道,"不过我没有看清。"

"糟了! 马莉和杰森他们两个被邪恶组织的飞船劫走了!"盖琦的表情开始变得很凝重。

"邪恶组织?"狄克喃喃自语。

"他们到底是谁?"凌茜问道。

"先别说了,我们赶紧上飞船去找他们,不然的话他们可能会有生命危险!"盖琦打断了凌茜的话,上了飞船,三人赶紧跟上去。

盖琦按下了启动键,飞船像箭一般离开了地面。

盖琦把飞船调到了自动驾驶的最高挡后离开了驾驶室,去船舱里倒了一杯咖啡喝起来,好让自己镇定下来。

"唉,他们肯定是冲着宝藏去的,不知道黑钻石究竟有没有被他们给抢走……"盖琦一边喝着咖啡一边自言自语道。

"黑钻石和……宝藏?这到底怎么回事?"朗尼伸着脖子好奇地问道。

"唉,这还是地球失重之前的事……"事到如此,盖琦也没法藏着掖着了,只得打开了话匣子……

"传说,11986年的酷夏,八位探险爱好者来到了一个荒废的小岛上,他们在丛林中无意间发现了一颗拇指大小的黑钻石和一个银色的盒子,八人想了很多方法,都没能打开盒子。有一天,他们将黑钻石放在盒子的凹陷处,盒子却自己弹开了,里面有一张藏宝图。八人十分高兴,通知了家人后,按着藏宝图的指引开始了寻宝之旅,没想到却陷入了万劫不复的深渊。

"八人一去不返,连去寻找他们的家人也失去了消息,如同人间蒸发了一样。

"令人震惊的是,过了半年,这些探险爱好者和他们的家人却突然出现了。刚开始并无任何异样,后来人们逐渐发现他们的眼神十分空洞,好像那种被人操控的木偶一样。过了没多久,可怕的事情发生了,他们开始大范围地破坏活动,而更加恐怖的是,不管遭受怎样的伤害,他们的伤口瞬间就能愈合。这样一群超级'杀人机器'很快便统治了整个人类世界。

"背负着拯救人类世界使命的科学家,冒着生命危险去探寻藏宝地点,试图解开这群杀人机器的秘密。可是,科学家们发现人类无法毁灭那个终极的藏宝地点,而且只有拥有藏宝图才能进入终极之地,科学家只好再去寻找藏宝图。最终,他们发现那张图在一个

商人手里,而那人已经被藏宝图折磨得精神失常。在科学家们疯狂的抢夺下,商人将藏宝图重新封印在了银色的盒子里面。在封印完成的时候,那群杀人机器灰飞烟灭,世界重新恢复了和平。为了防止藏宝图再次被人找到,科学家分成两队,分别拿着黑钻石和盒子,自此也从人间消失了。

"拯救了世界的科学家们受到了整个人类的尊敬。为了感谢科学家们的牺牲,人们将他们的后代安置在世界上最美好的地方,让他们繁衍生息,世世代代接受人们的尊崇。

"但是,随着岁月的流逝,那些科学家在人们的脑海中渐渐地淡出,科学家的后代也越来越不受人们的尊敬,于是当初那些科学家的后代们成立了'邪恶组织'想要再次找到盒子统治世界,试图重回当日的荣光。

"唉,这就是邪恶组织的目的,我想,他们大概是用了一些不为人知的手段才探测到黑钻石和盒子在这附近,刚好马莉和杰森比你们先出来一步,才被邪恶组织抓走了。"

狄克感觉盖琦的话外音是"你们为什么不比马莉和杰森早出来,为什么被抓走的不是你们?"他看了盖琦一眼,越来越担心凌茜之前的猜想是正确的。

朗尼和凌茜二人早已被盖琦讲的故事所吸引,完全放松了戒备心。

"这样看来,问题比我们想象的可严重多了! 如果邪恶组织达到目的的关键是拿到黑钻石和盒子的话,那么……现在最危险的就是我们!"凌茜一不小心说漏了嘴。

狄克顿时脸色就变了,心里暗喊一声:"糟了。"

不料,盖琦喝完最后一口咖啡后轻轻地放下了杯子,面带一种神秘的笑容看了三人一眼,便走回了驾驶室里。

"盖琦! 我想问你一个问题,可以……"凌茜扭头看向盖琦刚刚站过的地方。

"咦？人呢？盖琦，盖琦！"凌茜朝驾驶室的方向喊道。

"嘘……嘘！你们都听我说！"狄克一把捂住了凌茜的嘴，又用另一只手做手势示意保持安静。

"呸呸呸！你干什么！"凌茜"嫌弃"得一把推开了狄克的手。

朗尼终于逮着机会，冲着狄克做起了鬼脸。

"好了好了，不闹了。言归正传，发生什么事了?"凌茜严肃地问。

"嗯……第一，你们还记不记得马莉和杰森当初提到过他们所做的一切都是他们的爸爸所指挥的，但到目前为止这里除了我们只有马莉、杰森和盖琦，而且你们发现没有，盖琦十分在乎马莉和杰森。这么重要的任务，派自己最亲近的人来协助也是十分正常。我敢肯定盖琦就是他们口中的爸爸。第二，凌茜刚才不小心透露了盒子和黑钻石在我们身上，如果盖琦真像我所料，很可能会把我们当作人质，去换回他的儿女。"狄克怕盖琦听到，压低声音说道。

"不，不可能，这不是真的！这一切都是梦！快醒过来，快醒过来……"凌茜使劲地拍打着自己的脑袋，她将额头抵在膝盖上，浑身颤抖。

朗尼和狄克虽然没有像凌茜一样，但是脸上也都毫无血色，手心直冒冷汗。

"为什么我总是头脑发热，管不住自己的嘴。"凌茜急得直哭。她不想连累朋友，更担心三人也沦为"杀人机器"，越想越害怕。

三人不知如何是好，突然听到一声巨响，原来飞船尾部被炮弹炸出了一个洞，舱内警报声响个不停，负压形成了强烈的吸力，空气也迅速变得稀薄。

"盖琦！盖琦！救命啊！"凌茜大声呼喊着。

"怎么回事啊？呼叫指挥！呼叫指挥！"盖琦头戴耳机，焦急地呼叫着，完全不理会凌茜的呼喊。

朗尼凭借自己超人的运动天赋和体力，紧紧抓住舱壁上的管

子,挪到放置跳伞设备的柜子旁,取出降落伞包,指挥三人赶紧穿上。

"轰——轰——"又有两个炮弹接连打在了飞船上,飞船的发动机彻底损坏了,飞船开始从几千米的高空往下坠落。

"不好了! 快跳伞!"凌茜失声尖叫,急忙和两个同伴从洞口跳出了飞船。

等三个人都跳出飞船后,盖琦也不紧不慢地准备好的降落伞包,跳了下去。

"呼呼……呼……"三人急速降落,在距离地面大约三百米的位置打开了降落伞,缓缓地飘到了地面上。

"嘭——轰……轰!"飞船在距离三人不远的地方坠毁爆炸,周围全是碎片。

"糟了,刚才跳伞带扣松动,小包掉了。"狄克想检查了一下随身包,发现腰间空空如也。

三人只好沿着地面开始了地毯式搜索。

"哎,盖琦呢?"狄克首先意识到盖琦不见了。

"嘭……"天空中出现了一声异响。

"嘿! 你们看! 他在那!"朗尼一抬头,发现盖琦正在半空中。

"呼……"盖琦在三人注视下缓缓降落到地面,看上去惊魂未定。

三人默默地看着他,一言不发,气氛尴尬到了极点,狄克为了不让盖琦产生怀疑,上前问道:"你没事吧,盖琦?"说着把他从地上扶了起来。

盖琦跟跄地从地上站了起来,似乎膝盖受了伤。他不等凌茜三人询问,便自言自语地讲起了刚刚的经历:"我从驾驶室出来找你们,却发现你们已经跳伞了,巨大的吸力把我摔向舱壁,我的膝盖重重地磕在了上面,我好不容易才穿上了装备跳出飞船。"

三人不知道该说什么,手足无措地站在原地默不作声。

"你们在找什么?"盖琦似乎发现三人在找东西,试探着问了问。

"没什么,我妈妈给我买的手表掉了。"狄克反应很快。

"找到了吗?"

"找到了。"狄克冲着盖琦扬了扬手,随后便沉默了。

盖琦看三人一言不发,也沉默了。

"盖琦……你……你能不能把我们送回过去的时空里去?我……我们三个的身体不知道为什么有一些不太舒服。"凌茜打破沉默发问道。

"身体不舒服?"盖琦脸上的痛苦表情瞬间烟消云散,面色凝重地上下打量着三个人。

凌茜三人被盖琦盯得浑身不自在,狄克说道:"我们并不想做什么拯救世界的大英雄,我们经历了这么多,现在只想回家。"

又是一阵沉默。"好吧,你们跟我来吧。"盖琦似乎忘记了自己膝盖上的伤,转身快速地走去。心头充满希望的三人并没有察觉出什么不对劲的地方。毕竟,现在可以让他们顺利回到过去的,只有盖琦!

眼看盖琦就要走远了。

"怎么办?怎么办?黑钻石和盒子还没有找到。"凌茜急得直转圈。

"冷静。也许是我穿装备的时候,掉到舱里了……这会大概已经跟着飞船被炸得面目全非了吧。那样倒省事了。"狄克猜测道。

"就怕没有。算了,走吧,现在找难免会引起盖琦的怀疑,有机会再回来吧。"凌茜也妥协了。三人赶紧跟了上去。

三人刚走,就来了一群人在他们降落的地方开始了搜索。

而在一块石头背后,一个小包正静静地躺着……

四人走了将近十分钟,来到了一栋巨大的房子前。

"这里是……"朗尼望着这栋惨白的房子,心中莫名地不安。

盖琦面无表情地回头看了他们一眼,说道:"进去就知道了"。

感应门一开,盖琦头也不回地走进了大门。三人却还在门外犹豫,他们对视了一眼,硬着头皮,跟了上去。

大门不知不觉地关上了,三人身后悄无声息地冒出了两个黑衣人,他们掏出了消声麻醉手枪,"咻!咻!咻!"三声,三人还没反应过来,只感觉浑身瘫软,眼前一黑,倒在了地上。

前面的盖琦停下了脚步,回头看了一眼黑衣人,面无表情地说道:"把他们带走,我要去见'巨人'。"说完,他扭过头继续往前走。

谁知,他身后的黑衣人慢慢地举起了手中的麻醉枪,对准了盖琦。"咻!"的一声,盖琦转过身来看见是黑衣人开的枪,刚要发问,便缓缓地倒在了地上。

"一起,带走。"黑衣人又唤来两个人,抱起四人,来到了走廊尽头的门前。

黑衣人两重一轻地敲了三声门,门后传来了一个男人低沉的声音:"进!"

门应声而开,房屋中间一个巨人背对着他们坐在一把大椅子上。

一直冷冰冰的黑衣人毕恭毕敬地问道:"大人,这四个人怎么处置?"

"那三个孩子丢到实验室的笼子里就好,我会亲自处置。至于这个科学家嘛……他的任务已经完成了,把他押到地牢里,让他自生自灭好了。不用派专人看管,还没有人能从那里逃出来!"巨人对身后的黑衣人说道,"还有,之前抓来的那两个孩子,也送到实验室的笼子里吧。"

"大人,我们捡到一个小包。"黑衣人上前跨了一步,将小包奉上。

巨人接过包,轻轻地拉开了拉链,看到包里的东西后得意得笑出了声。

"哈哈哈哈……明天,我将成为世界的主人!"巨人仰天大笑,整栋房子都微微地震动起来。

盖琦把刚才黑衣人和巨人的对话听得一清二楚,原来他早有防备,麻醉枪打在了防弹衣上,而盖琦则顺势配合了这么一场。尽管如此,听到巨人的声音,盖琦的身上还是冒出了一阵阵冷汗,心想必须马上想方法,才能获得一线生机……

盖琦感到自己先被扛了起来,"嗒,嗒,嗒……"黑衣人的鞋子落在地上,声音清脆,盖琦的心跳也跟着"咚咚咚"地响个不停。

一阵窸窸窣窣的声音,盖琦微睁开眼,另外的黑衣人正在扛那五个孩子。

盖琦小心翼翼地从胸前的口袋中掏出了两个绿豆般大小的位置追踪器,用力一弹,两个追踪器不偏不倚地正好粘在了杰森和马莉的后背上。那几个黑衣人并没有察觉,扛着五个孩子继续朝相反的方向走去。

扛着盖琦的黑衣人一圈一圈地绕着楼梯往下走。盖琦一路注意着周围的环境,想找机会逃脱,无奈时不时还有其他黑衣人经过。

黑衣人扛着盖琦又往下走了几层。盖琦往四周一看,周围正好没有黑衣人,心想此时不动手,更待何时。他瞅准时机,一个后空翻落在了地上,黑衣人意识到事情不妙,可是还没等他掏出麻醉枪,盖琦便一个箭步冲上去狠狠地踹了黑衣人的肚子一脚,顺势夺过黑衣人的麻醉枪,对着黑衣人就是一枪,黑衣人立马昏了过去。盖琦又补了两枪,确认黑衣人真的昏迷后,这才放心地离开。

这时,五个昏迷不醒的孩子已被黑衣人扛到了大楼最顶端的实验室中。实验室中密密麻麻地堆叠着一个个的小笼子,黑衣人将五个孩子分别扔到五个大小不一的铁笼子里,然后全都上了锁,把钥匙放在实验台上,便离开了。

十一、铁笼脱险

五分钟后,朗尼最先苏醒过来,他迷迷糊糊地睁开眼睛,想要动弹,却发现自己已经被锁在了笼子里,而且整个实验室都是层层叠叠的笼子。

"到底怎么回事? 我怎么会在这里?"朗尼自言自语道,"我们先是跟着盖琦在小树林里走了好久,然后就跟着盖琦进来了……然后……然后……"朗尼怎么也想不起来走进房子后发生了什么。

朗尼决定把费脑子的事情放一放,先去找同伴。

"凌茜! 狄克! 你们在哪里呀?"朗尼压低声音喊道。他朝四周望去,发现昏迷不醒的凌茜和狄克竟然被关在自己右边的两个笼子里,马莉和杰森在自己下面,也被关了起来。

朗尼不清楚到底发生了什么,但知道当务之急是赶紧想办法从笼子里逃出来,救出凌茜和狄克。

"狄克,狄克,醒醒,醒醒,凌茜,凌茜……"朗尼大喊,可是二人毫无反应。

又过了半个小时,"凌茜,狄克,狄克,快醒醒啊……"朗尼的嗓子已经沙哑了。朗尼开始用脚踹自己的笼子,使上层的笼子晃动起来,发出刺耳的摩擦声。

"朗尼,狄克,你们在哪啊? 啊,我这是在哪儿?"凌茜醒了,发现自己被关在笼子里,完全搞不清状况。

"凌茜,你醒了,我们被关起来了。快叫醒旁边笼子里的狄克!"朗尼哑着声音说道。

"我在这儿,朗尼,你们怎么样? 啊,我头好晕。"狄克还没完全清醒。

"我们是被关押在这里了。你还记不记得我们是怎么到这里来的?"朗尼焦急地问凌茜。

"怎么进来的我不知道,但是我们是跟着盖琦进来后才昏过去的,说明这里是他的地盘!"凌茜十分懊恼。

"可是,你们看!马莉和杰森也在这里!"朗尼指着自己下面的两个笼子说道。

两人还没清醒。杰森看起来很不对劲,他双手被绳子捆到了身后,两只脚也被黑色的胶带缠得死死的,双眼紧闭,面色十分惨白,额头上全是一颗颗豆大的汗珠。

"快,凌茜,你离得近,测测他的呼吸。"狄克看见杰森的样子,顿时觉得不妙。

凌茜将手伸出笼子努力地去够,可是离杰森的鼻子还差点距离,凌茜换了换姿势,整个人趴在笼子里,把手使劲往前伸,脸都贴到了铁栅栏上,终于伸到了杰森的鼻子下面。

"天哪!怎么回事?他……他怎么没有呼吸了?!"凌茜吃了一惊,赶紧将手缩了回来。

麻醉剂的后效使狄克头昏脑涨。"不对,你再试试,他额头上还有汗珠,人死是不会这样的。"狄克闭着眼挣扎着说。

凌茜还是不敢相信,颤抖着又把手指放在杰森的鼻子下方。良久,凌茜才感到一丝极其微弱的气流从指尖划过,一颗悬着的心终于放了下来,对朗尼和狄克说:"还活着,气息十分微弱。"

朗尼仿照凌茜的姿势,试了一下马莉的气息,她的呼吸也很微弱。

"不管怎么样,我们得赶紧想办法出去。谁知道盖琦又要耍什么花样!"凌茜朝门边瞥了一眼,又看了看朗尼和狄克,问道:"狄克,你怎么样?意识清醒了一些没?咱们商量商量该怎么办。"

"好多了。"狄克恢复了些气力。

"狄克,快想想办法,我看到钥匙在实验台上。怎么才能拿到钥

匙从笼子里出去呢?"朗尼对狄克说。

"算了,别白费工夫了,这么远,而且我们还被锁在笼子里,钥匙的事就别想了。我们还是想想能不能搬救兵来救我们吧。"狄克冷静地说。

"对了,我们不是有笛子和木哨吗? 吹一下试试,或许白凰和飞龙会来救我们!"朗尼说着,掏出木哨吹了几声。

"我们现在在上层地球,他们不可能上来。"狄克说。

"无论如何,先试试吧!"凌茜也掏出笛子来吹了一段儿。

"我们还有灵兽啊……"朗尼十分兴奋,正准备召唤灵兽。

忽然,门口的钥匙孔传来齿轮转动的声音,"嘘……"朗尼和凌茜赶紧收拾起木哨和笛子,三人倒在笼中假装还在昏睡,朗尼把手搭在了额头上。

朗尼把眼睛微微睁开一条细缝,看到一个带着黑面罩的人把头探了进来。只见他小心翼翼地扫视了整间屋子,确定没人后,这才侧着身从门缝中溜了进来,随手关上了门。他四下寻找,发现了实验台上的钥匙。

朗尼看到他朝自己这边走来,忙闭紧眼睛。

这人先打开了马莉和杰森的笼子,一边忙着松绑一边焦急地说:"马莉,杰森,醒醒,爸爸来救你们了,醒醒……"

朗尼三人听出此人正是盖琦,同时心中的疑惑也有了答案——马莉和杰森的爸爸就是盖琦!

"爸爸,终于见到你了……呜呜呜,我还以为我再也见不到你了……"马莉醒了开始抽泣。

"快走,先出去再说,这里不安全。"

"可是,哥哥他还没醒。"

"我扛着他,走!"

"爸爸,可是他们……"盖琦刚要开门,马莉突然有些犹豫。

"该死,没想到马莉要走了也不忘杀自己灭口……"三人在心里狠狠地咒骂。

朗尼三人听到脚步声又折了回来，又听见盖琦正在用钥匙开着笼子，心中忐忑不安，同时又准备双手合十，召唤灵兽。

"朗尼，凌茜，狄克，醒醒，我是盖琦！"盖琦试着叫醒三人。心想此刻再装也没什么意思了，朗尼赶紧睁开眼睛。

盖琦解开面罩，焦急地对朗尼说："我也被人暗算了。快，我扶着你，你快出来。"

朗尼从笼子出来后，又去救狄克和凌茜。三人被关得太紧，腿脚都有些麻了，看到盖琦似乎并没有恶意，互相对视，一时不知如何是好。

"巨人快过来了，我们得尽快离开这儿！"盖琦催促道。

不料，门口再次响起了开门的声音。

"快，狄克想办法阻止他们开门。凌茜负责藏好自己和马莉。朗尼，快帮我把杰森抬到笼子后面！"盖琦迅速部署。

狄克一边用腿抵住门，一边捡起地上废弃的旧铁钉，塞进了钥匙孔。

狄克回头一看，凌茜已经带着马莉不知道藏哪去了。杰森被盖琦和朗尼暂时塞进了实验台下的柜子里。看到狄克还在寻找藏身之所，朗尼急忙跑过来，一把拉住狄克，和盖琦一起躲到了实验台后面。

"嘭"的一声，门被炸开了。

一个巨大的人影晃进来。"给我找，刚才还有动静。"房间里的铁笼子被震得哗哗响。

"哼，我还以为是英雄好汉，竟然也躲起来见不得人。在我的地盘上，还妄想能躲得过去吗？休想逃出我的手掌心！"巨人大声喝道。

朗尼和狄克正在埋头祈祷凌茜她们不要被发现，身旁的盖琦突然站了起来。朗尼拉了拉盖琦的手，盖琦却轻轻摇了摇还隐藏在实

验台背后的手,示意二人不要轻举妄动。

"不用找了,我在这里。他们已经被我放了。"盖琦挣脱了朗尼的手,走了出去。

"哼,给我找,一个也不能少。"巨人丝毫不理会盖琦的"自投罗网"。

"哦,老朋友,是你!别来无恙,我请你去的地方你不去,跑出来躲在这里干吗?要见我也不必这么鬼鬼祟祟!"巨人的声音充满嘲讽。

"黑玄,你究竟想干什么?你为什么背叛我们的约定?"盖琦脸色冷峻地看着巨人,喊出了他的真名。

"哈哈,你跟我谈约定,谈背叛!哈哈,太可笑了!你以为你是谁,只不过是我手中的一枚棋子,一枚现在什么也做不了的多余棋子。算了,我本来也没指望你办大事,毕竟你们都是一帮蠢货,一群酒囊饭袋!现在到我亲自出马的时候了。"黑玄轻蔑地斜视着盖琦,得意地说。

"黑玄,你不要得意得太早了!你是有了我们几个的身体密码,但我们几个能对你构成什么威胁?真正能和你抗衡的是白凰和飞龙,你控制得了他们吗?再者,你以为魔盒就那么容易打开?光有那个黑钻石一点儿用都没有!就凭你,想操纵这个世界,真是痴人说梦!"盖琦一字一顿,丝毫不肯认输。

"盖琦,我看你是活得不耐烦了!别急,早晚有处理你的时候,你现在还不是砧板上的鱼肉,任人宰割!我会让你死得很'享受'的,不过,在这之前,我要让你看看我的宏图大业是怎么顺利完成的,也好让你死得放心!"黑玄被激怒了,他强压怒火,阴阳怪气地说。

"等我用黑钻石开启了幻影魔盒,召唤出强大的幻术,就让这个世界上所有的生物进入幻术中的角色。那时,他们将完全忘记自我,如同木偶人一样听我指挥。不过,我也会让你亲自参与的,毕竟我们曾经短暂合作过,起码按照你的理解是合作过。我会尽量让你看到这有趣的一幕的。至于怎么得到白凰和飞龙的身体密码,你不是都替我安排得差不多了吗?剩下的事就不用你操心了。至于怎么开启幻影魔盒,这个你大可放心,我一定会打开它的。你的那几个小跟班怎么不在?他们怎么能不来见见我黑玄呢!现在,我的科学家,你还有什么要说?"黑玄十分自信。

"我等着看你死到临头的那一天。"盖琦说。

"找到了!"黑衣人突然报告。

"放开我!"凌茜挣扎着喊道。

"带过来,让我们的大科学家好好瞧瞧。给我继续找。"

朗尼和狄克听见黑衣人的脚步声在向自己靠近,知道躲不过去了,只好站了起来。

"哟,年纪轻轻,挺有胆识,欢迎回来。"黑玄一脸奸笑。

很快,还在昏迷的杰森也被找到了,被黑衣人架了出来。

"好了,我不想和你多费口舌了。黑风,来,请我们的科学家到地下监狱去!"

"等等,黑玄,你以为你拿到的是真的黑钻石吗?别做梦了,我怎么可能傻到不给自己留一条后路!真正的黑钻石早在飞船上就被我调包藏起来了,只有我知道它在哪儿。我出来是跟你谈判的,不是去你那个小监狱的。现在你要么答应我的条件,然后我告诉你黑钻石的下落;要么你不答应,那样你将永远做不成你的美梦!"盖琦毫不畏惧地看着黑玄。

"我凭什么相信你?"

"你可以不相信我。黑钻石在你手中,你难道自己判断不出它的真假吗?该不会,你才第一次摸到黑钻石吧,难怪呢!"盖琦哈哈大笑。

"好,就不信你敢耍花招,别忘了,这几个小跟班可还在我手中,是死是活,你自己好好掂量。"黑玄整了整自己的衣领,把玩着自己

的袖口。

"你把孩子们放了，让你的人跟我来，我带他们去取黑钻石，黑钻石在上层地球南极的冰层下面，只有我知道怎么开启冰层。现在放他们走，只要几个孩子到达下层地球我马上就出发。"盖琦看起来十分淡定，可是双手却在微微颤抖，凌茜几人注意到了，黑玄也注意到了。

"爸爸，我要跟你在一起，我哪也不去。"马莉看到爸爸要一个人留着这里，明白此番必定是凶多吉少，坚决要留下来。

"好，小朋友，我成全你。我同意放那三个孩子走。杰森和马莉我就替你好好照顾着了。放心，我不会委屈他们的。我等你回来。"黑玄"慈爱"地摸了摸马莉的头，却被马莉一手推开。

"哈哈哈，有意思……"黑玄颇有兴趣地玩味着二人的父女情深。

"你……"盖琦看着黑玄，"你总得让我们说几句话吧！"看来盖琦早就料到黑玄会这么做。

"说，尽管说。给你们一分钟时间够了吧？我就不信你们还能耍出什么花样！"说着，黑玄摆了摆手，周围的黑衣人便都退出去了，他环视了一下屋内最后也退了出去。

"朗尼、凌茜、狄克，我很抱歉，以前为了让新世界的人类返回地球，我骗过你们，监视过你们，也利用过你们。我向你们道歉，希望你们能原谅我。我能请求你们不要记恨杰森和马莉对你们的冒犯吗？那都是我安排的，不是他们的本意。"说着，盖琦示意马莉向凌茜三人道歉。

"对不起，希望大家能原谅我。"马莉低着头小声说道。

"现在大敌当前，形势危急。如果真让黑玄得手，上层地球和下层地球都将面临灭顶之灾。不管之前发生过什么，我都希望你们能不计前嫌，暂时为了未来地球人的命运而齐心协力，应对危机。"盖琦显现出前所未有的诚恳。

　　"这是自然,至于我们之间,只要你能让我们安全回家,这一切都可以一笔勾销。"狄克冷静地对盖琦说。

　　"嗯,放心吧。关于这一点,我从来没欺骗过你们。"盖琦也拿出了诚意。

　　"马莉,你要照看好你哥哥,等他醒来,把这一切告诉他,他会照顾你的。另外,这两个梦空间分别给你们两个,你们要和朗尼三人密切配合。"盖琦拿出两面镜子,交给马莉和凌茜,"时间紧急,我来不及将所有的信息告诉你们。这一面镜子是一个小型的梦空间,晚上照着它入睡,梦中会有个虚拟的我,他会告诉你们我目前已经知道的一切。你们要尽量记住在梦中与虚拟的我相会时的交流内容。如果我暂时脱离控制,也会进入梦空间中,通过这种方式与你们交流。"盖琦又拿出一面镜子交给了凌茜。

　　凌茜小心收好镜子。

　　"好了,话不多说了,大家各自保重。朗尼,你们三人到下层地球以后马上去找白凰和飞龙。有事儿梦空间里联系。不过我估计黑玄不会让我们有通话的机会的。"盖琦刚说完,黑玄就进来了。

　　"你们说完了吧?该我说了,仔细听着,你们三个谁能给我带来白凰和飞龙的身体密码,我就放他一条生路,送他回家,还有重赏。我没必要骗你们这些小毛孩,只要是我承诺的我一定会兑现。否则,等盖琦带来黑钻石,你们的命运也就注定了。你们几个好好想想吧!"黑玄说完,将黑袍一扬走出去了。

十二、再入下层地球

三人决定分头行动,朗尼拿着木哨去找飞龙,凌茜和狄克拿着竹笛去找白凰。他们得加快速度,在盖琦取出黑钻石之前尽量联合起白凰和飞龙来,商量出对策。

正午的阳光火辣辣地照射着地面,举目四望,一片广袤无边的原野上只有几座低矮的山丘连绵起伏。朗尼走得满头大汗,又累又渴。

"算了,这样找下去,何时才能找到。也不知道现在吹木哨,飞龙能不能听到。管他呢,先试试吧。"朗尼吹响木哨,一阵嘹亮清脆的声音回荡在无边的原野上。

不料,没有等到飞龙,却等到了两个黑衣人挡在了正前方。

"糟了,早就应该想到黑玄不是一个言而有信的人。一个妄想统治世界的人,还有什么道义可言。肯定会有后招,大意了!"朗尼转过头,撒开腿就跑。一边跑,一边吹着木哨,也不管什么调子了。

跑了好一会儿,朗尼已经有些体力不济了,却发现黑衣人的奔跑速度越来越快,眼见就要被抓住了。

突然,朗尼敏锐的听力捕捉到了右边传来的恐龙嘶鸣声,他下意识地拐了个弯向左跑去。跑了几步,朗尼忽然想起飞龙本是兽人族的首领,既然恐龙出现了,那么飞龙也应该就在附近。想到此,朗尼赶紧刹住脚,转而向黑衣人跑去。

黑衣人见朗尼调头朝自己跑来,一时搞不清楚状况,呆在了原地。

这时,平地一声恐龙的吼叫,如山崩地裂一般,震得两个黑衣人向后退了几步才稳住身子。"糟糕,得赶紧撤!"黑衣人自语道。

其中一个黑衣人关键时刻还不忘任务,向前几步,一把抓住朗尼。忽然一个火红的身影闪过,一脚踢在黑衣人的手上,只听"咔嚓"一声,好似骨头断裂的声音,黑衣人应声被踢翻在地,向后滚了好几下,才踉跄着站起来。

黑衣人只见面前站着一个身穿火红披风、粗眉大眼的汉子,满面怒容。他料想此人应该就是飞龙,知道自己不是对手,正想要逃,发现四面已经围满了恐龙。

眼看飞龙又逼过来,黑衣人眼疾手快掏出手枪对准朗尼:"别动,放我走,否则我就开枪了!"

飞龙见此情景,向后退了一步,摆了摆手,恐龙纷纷退了几步。"放开朗尼,你走吧!"飞龙对黑衣人说。

"给我让开一个通道!快!"黑衣人望着四周的恐龙说。恐龙包围圈闪开一个出口,黑衣人挟持着朗尼走出包围圈,一把推开朗尼,飞身一跃腾空而去。

朗尼惊魂未定,飞龙过来拍着他的肩膀说:"小兄弟,好久不见,见个面搞得这么隆重,看来你混得不错呀,都被黑玄的人惦记上了!"朗尼苦笑一下,将回到上层地球的经历对飞龙细说了一遍。

"黑玄这个王八蛋,早就应该收拾收拾他了!这几年,忙着对付白凰,竟让这么一个小人猖獗起来!"飞龙十分愤怒。

"我想你和白凰之间可能有什么误会……"朗尼把他们和白凰在山洞里的那段经历讲述一遍。

"白凰这人,心机极深,万一他在演戏呢?难道真的是我误会他了?"飞龙沉思着。

"现在大敌当前,若让黑玄得逞,那上层地球和下层地球都将面临灭顶之灾,你和白凰之间的争斗也就毫无意义。当前应该团结起来一起对付黑玄。你对白凰的负面印象都是听别人说来的吧?众口铄金,流言里能有多少真实的东西呢?"朗尼劝着飞龙。

"确实如此。你说得十分有道理。不过,这也得从长计议。当

务之急还是要回去为你接风洗尘！"飞龙豪爽地笑着，一把将朗尼拉到自己的恐龙坐骑上。朗尼坐在恐龙身上，没想到科普读物里凶残无比的恐龙，此刻竟然如此温顺。朗尼一时十分得意，把劝说的事暂时抛到了脑后。

酒足饭饱，二人商量起对策。按照飞龙的意思，打算用千面镜来对付黑玄，制造幻境，先困住黑玄。不过想彻底打败黑玄，还得再想办法。飞龙清楚黑玄的实力，深知黑玄不那么好对付，能不能把他引入幻境，还是个问题。

只有知己知彼，才能百战不殆。黑玄一直藏身于上层地球，飞龙对其只有耳闻，未见真人。另外，千面镜的原理是通过操纵人的内心，来实现困人的目的。飞龙不了解黑玄，到了上层地球，天时地利也将不复存在了。朗尼告诉飞龙盖琦去取黑钻石了，一旦黑玄拥有了他的身体密码，打开了幻影魔盒，就能控制他。飞龙怎会甘心自己被他人控制！但怎么阻止黑玄打开幻影魔盒，怎么消灭掉这个危险分子真是费脑筋。飞龙在密室里一边踱步一边思索，心想找白凰联盟恐怕是势在必行了。

飞龙决定亲自去会会白凰。朗尼却有些担心，不知道凌茜和狄克能否成功劝说白凰。

为了显示诚意，飞龙没有带护卫，只和朗尼各骑了一只恐龙，就向白凰的地盘出发了。

二人刚到白凰的势力范围，就被白凰的手下层层围住。

"想不到我孤身前来,白凰竟不敢出来相见!难道大名鼎鼎的白凰就是如此待客吗?让你们这些无名小卒来打发我?哈哈哈……"飞龙骑在恐龙身上仰头大笑几声,"看来是白来一趟。走,打道回府。"

"稀客呀,事务繁忙,有失远迎,还请见谅!误会!误会!"白凰身骑一只五彩鸟,翩翩而来,后面紧跟凌茜和狄克二人。

为了示好,白凰在离飞龙还有二十米远的地方便翻下坐骑,步行到飞龙的恐龙前,连忙解释。白凰已经知晓飞龙的来意,他为了下层地球的未来,愿意彻底抛开成见,寻求合作。

见白凰如此真诚,飞龙也不好再拿架子,翻身而下。"这些年来多有冒犯,还望见谅!"飞龙对白凰说。

"世事弄人,我们两个早就该成为朋友,却做了这么多年的敌人。幸亏有今日的相识,还望龙兄原谅小弟以前的无知与疏狂。今日化干戈为玉帛,我们该好好庆贺一番!"白凰握住飞龙的手说道。

二人竟是一见如故,聊得非常投缘,忍不住感慨往日那些不应有的误会。

白凰的手下看得云里雾里,不知道其间发生了什么,但看到交战多年的两方终于和好了,起码暂时不用剑拔弩张了,也都十分兴奋,为二人这世纪之和疯狂叫好。

凌茜三人再次团聚,也是十分感慨。

当天晚上大家聚在一起讨论怎么对付黑玄。

"时间越来越紧迫,不管盖琦有没有取到黑钻石,以黑玄的力量,想必盖琦也拖不了多久。一旦黑玄拿到黑钻石,即使得不到白凰和飞龙的身体密码,也能完全控制住盖琦等人。"

"如果黑玄拿到白凰和飞龙的身体密码,他的力量将变得空前强大,到那时我们再做什么也无济于事了,事情将会朝着不可控的方向发展。"

"大家贸然集合攻进上层地球显然是不现实的,先不说技术层

面的难度,就是去了上层空间,在黑玄的地盘我们也没有十足的把握取胜。"

五人议论纷纷,一时陷入僵局。凌茜突然想到自己手中还有盖琦交给自己的梦空间镜子,赶紧取了出来。

狄克向飞龙和白凰二人讲了梦空间镜子的作用。

"既然如此,凌茜,你们今晚早点儿睡觉,进入梦空间问问盖琦关于黑玄的情况。唯有进入梦空间才不会被黑玄监视,你们要尽量记牢盖琦的话。"白凰对凌茜说。

"好,只有这样了!"凌茜答应道。

夜色渐深,三人把盖琦给的镜子放在床头,镜子似乎有催眠功能,三人很快便睡着了。房间里响起舒缓的呼吸声。

梦中,三个人顺利见面了,商量该去哪里寻找盖琦,正遇上在荒野中前行的盖琦。

"孩子们,我在这里等待很久了,怎么样? 计划进展得还顺利吗?"梦空间中的盖琦十分疲倦,想必在现实中受了不少折磨。

见此情景,三人不免有些伤感。

"我们想了解一下黑玄。"想到情况紧急,凌茜赶忙说道。

"其实黑玄是个机器人,但他有情感和记忆。在他即将完工的时候,他的制造者突然得知自己的儿子在飞往新世界的过程中遇难了,船毁人亡。制造者悲痛欲绝,就尝试着把自己孩子的记忆与情感都移植到机器人黑玄身上。那时上层地球的科技已经发达到你们想象不到的地步,保存人的记忆并非难事。经过反复的实验,制造者成功"复活"了自己的儿子,同时也耗尽了所有的心血,不久便离世了。可是,这个机器人是有缺陷的,只不过没有人能够进行改良,这就是现在的黑玄。虽然黑玄拥有金刚不坏之身,脑中也植入了人的记忆和情感,但是并不能区分善恶,并且缺乏自我约束机制,情感中的邪恶被充分地激发出来。超凡的能力使他越来越狂妄自负、目中无人。他看到上层地球和下层地球互相攻击,而下层地球内部也充满了争斗与杀戮。所以，他想统治整个地球，重新创造一个充满理性、井然有序的世界。他认为现代人不符合理想中的地球人标准，必须全部消灭。为了达到目的，黑玄暗中发展自己的力量，渐渐统治了上层地球，我表面上是与他合作，实际上是他的傀儡。否则，上层地球的人早就被屠尽了。

"进攻下层地球，盗取白凰和飞龙的身体密码，自然也是他指使我做的。我知道这么做无异于为虎作伥，但也是迫不得已啊。

"至于黑玄的弱点，我也不能十分肯定。他是由当时地球上最优秀的科学家呕心沥血制成的，被赋予了一些特异功能，上层地球没有一个人敢反抗他。虽然有人暗杀过他，但他百毒不侵，炸不烂，烧不毁。所以要制服他几乎是不可能的。就算白凰和飞龙联合起来，用武力强攻，恐怕也奈何不了他。

"我曾经设想过建造一个更高级的梦空间来把他锁进去，但这很难，而且需要时间。也许，飞龙的千面镜能帮上一点忙。我们现在不能强攻，只能智取。我想了一个办法，你们回去与白凰、飞龙商量，看是否可行。现在只有黑钻石可以战胜他，在特定条件下，黑钻石召唤出来的幻术可以让他进入迷狂状态，出现记忆混乱，失去自我意识，这样就可以把他永久锁进梦空间。但是只有黑玄自己能召唤这种幻术。我建议想办法让黑玄得到白凰和飞龙的身体密码，等他得意忘形开启幻术之时以千面镜扰乱他，争取将他吸入千面镜中，这样……"

说着说着，盖琦忽然消失了。三人醒了过来，立即去寻找白凰和飞龙。

凌茜三人把梦中的情况向白凰和飞龙讲述一遍。白凰和飞龙决定先安排人依千面镜的原理构建关押黑玄的梦空间。至于黑钻石之事，几个人秘密商量了一会，想出了一个对策。

盖琦终于又看到了黑钻石，它被封锁在冰层下面，正发着光。

盖琦看了会儿,转过身来对着黑衣人说:"去叫黑玄带着我的孩子们过来,否则我就不开这冰层!"

黑衣人气愤地说:"你不开我们不会开吗?死到临头了架子还这么大!"

"哼,有本事你们开开我看看!这个冰层是我的一大发明,天底下只有我盖琦能打开它,你们想毁了黑钻石就试试看!"盖琦带着嘲讽的口吻说。

黑衣人看了看盖琦,仿佛在掂量着什么,顿了顿对盖琦说:"好,你待在这儿,我去通报主人。"

不久黑玄就带着杰森和马莉过来了。"盖琦,人在这儿,快把黑钻石给我!"

"不急,你让人把他们送到下层地球,我就开冰层。现在,你送人,我开冰层!"

黑玄脸色阴沉地看了盖琦一眼,命令黑衣人将杰森和马莉送下去。盖琦小心翼翼地开启冰层,黑钻石光彩熠熠地镶嵌在冰中。

盖琦正准备伸手去取黑钻石,旁边的黑衣人一脚把盖琦踢翻在地,抢先一步取得黑钻石,交给了黑玄。

黑玄接过黑钻石把玩着,哈哈大笑起来。

"送下去了吗?"黑玄问刚从下层地球返回来的那个黑衣人。

"老奸巨猾的东西,居然在下面设了埋伏,幸好我反应快,差点儿上不来了!"那个黑衣人气喘吁吁地说。

"蠢东西,一帮饭桶。你不会在途中处理了他们?也罢,留着他们也不妨事,现在还有谁能阻挡我?"

黑玄吩咐手下将盖琦押回去关起来,随即扬长而去。

十三、幻影魔盒的开启

黑玄带着黑钻石走进实验室,实验室本来很阴暗,这下瞬间变得流光溢彩,仿佛传说中的龙宫一般。

"这个应该是真的了,哈哈哈哈。"黑玄又拿出小包,取出盒子,仔细端详起来。盒子四周镂刻着奇奇怪怪的符号,镂空处透露着点点银光,不断闪动着。盒子顶端有凹槽,恰好能够容纳黑钻石。黑玄拿起黑钻石对准凹槽,缓缓放了下去,刹那间,魔盒漂浮起来,升到半空。黑钻石的光芒与魔盒的光芒融为一体,魔盒上电光闪动,照得实验室明晃晃的。然而,这样持续了很久,魔盒还是没有开启。又过了很久,电光渐渐收敛,黑钻石的光芒也一点点暗淡下去,终于,魔盒缓缓落到实验台上,一动不动了。

"为什么开启不了?怎么回事?该死,那个老东西又骗我!"黑玄一拳砸向墙壁,"嘭"的一声,墙壁被砸出了一个洞,扬起一片灰尘。

铃声响起,黑衣人汇报说:"有人找。"

"让他等等,我先去见个人。"黑玄吩咐道。

很快,黑玄冷静下来,拿起盒子站起身来,向地下监狱走去。

监狱大门缓缓打开。盖琦正面墙而坐,一头原本灰白的头发,如今已经全白了。

"我就知道你早晚要来!你不必问我了,我是不会给你答案的!"盖琦缓慢而有力地说。

"你不给我答案,好,要不要我给你换个好地方?"黑玄冷冷地说。

"哪儿都行,你以为你威胁得了我?"盖琦毫不畏惧。

"那么他呢?"黑玄随手一划,墙壁上出现一幅画面,一人正背对着站在中间。

"他居然来了,你们……他背叛了我,背叛了整个人类,你居然找到了他!我看错人了,看错人了,你们会遭到报应的。"盖琦激动地说。

"报应?我还能遭到报应?很快我就能呼风唤雨,要什么有什么。你就好好活着吧,多吃点饭,别再绝食了,争取坚持到那一天。你知道他来干什么吗?就凭你们这些人也想阻止我?"黑玄大笑几声。

"可怜的人类啊,注定在劫难逃,这是人类的一场浩劫!作孽啊,黑玄,你终将自食恶果,死亡的号角已经吹响,自此,你将踏入地狱,受尽折磨!"盖琦忽然变得疯疯癫癫的,也不看黑玄,只顾自言自语。

黑玄看着盖琦的样子,十分得意,心想有了魔盒和黑钻石,再想方设法得到白凰和飞龙的身体密码,这个世界就是自己的了。

黑玄知道问盖琦是问不出任何答案的,他只是来证实自己的猜想。如今他已经证实了盒子和黑钻石是真的,便不想再在盖琦身上浪费时间,一甩黑袍,走出门去。

实验室里,一人手拿探测仪正在等待。

"你来了?怎么样?"黑玄回到实验室迫不及待地问。

"这是飞龙和白凰的身体密码,你什么时候送我们回家?"那人转过身来——竟然是狄克!

"识时务者为俊杰,我早就看出你不像他们那样一根筋。你放心,等我打开幻影魔盒,一定送你们回去。我没必要害你们,毕竟你们是过去时空的人,而且咱们是合作者嘛!我从来不亏待忠于我的人。"黑玄哈哈大笑着拍了拍狄克的肩膀。

"哈哈,等我成功打开魔盒,我就可以一统地球,重振宇宙了!

这个世界将再也没有战争、痛苦、背叛，一切将按部就班地进行，没有乱七八糟的思想来捣乱，人们执行着我的命令，再也没有钩心斗角，一切人都将以我为中心，所有的人齐心协力地创造美好的世界。那时，我将是新天地的创造者，我会长生不死，一直守护着这个可爱的世界。现在、未来都归我所有。哈哈，这样一个世界，你不想看看？"

"是挺有意思，不过挺孤独的。这是你们这个时空的事，谁对谁错和我没什么关系，我对它没有兴趣。"

"哈哈，你们不能理解，因为你们都是平庸之辈。古往今来的英雄，谁不是为着这个目标而奋斗？不过他们都失败了，正因为他们都失败了，那些平庸之辈才站出来口诛笔伐，肆意批判英雄未竟的事业。庸人如此猖獗，正是因为他们都达不到英雄的高度。唯有我，将让你们这些蝼蚁之辈认识到何谓真英雄！我将完成自古以来没有人完成过的事业！"黑玄半眯着眼睛，在他那不可一世的梦里自我陶醉着。

狄克不禁用嘲讽的眼光瞥了他一眼，忽然觉得黑玄不仅可憎，而且可笑、可怜，是个被英雄梦欺骗了的大傻瓜！

"不过，我倒是乐意帮助你，因为我只想回到我自己的时空去！"平息了心中复杂的情绪，狄克似笑非笑地说。

"哦？我倒是想听听你能怎么帮我。"黑玄开始对狄克产生兴趣。

"你的魔盒打开了吗？"狄克漫不经心地抛出一个问题。

"你知道些什么？快说！"黑玄立刻严肃起来。

"有一个条件，只要你答应送我们三人回去，我们保证不再干涉你的大业，相信这对你来说，也不是什么难事吧。"

"的确如此，请讲。"

"我听白凰他们说，这个月的月圆之时能用黑钻石开启魔盒。"狄克说。

"哈哈哈哈，我早已知晓。"黑玄说。

"放心，我自有安排。让他们带你去休息吧！"黑玄摆摆手，一个黑衣人过来对狄克说了一声"请"。狄克知道黑玄并不完全信任自己，为了完成任务便欣然接受了黑玄的"好意"。

狄克出去之后，黑玄思考着狄克的表现，觉得倒也合情合理。他听手下人说，当时他们看到狄克时，狄克正被白凰和飞龙的人追杀，因为白凰和飞龙发现自己的身体密码被狄克盗取了，人族和兽人族联合起来搜捕狄克。狄克被发现后拼死跑了出来，却被人族和兽人族再次逼到了悬崖边。手下人说他们一直在暗中监视，看到已经走投无路的狄克万念俱灰，正要跳下悬崖，便将其救下，带回了黑玄这里。

黑玄的人一直对水米不进的狄克好言相劝，让他交出白凰和飞龙的身体密码。

"我救了你。"救下狄克的黑衣人对狄克说。

"我知道。"

"你想如何报答我？"

"回不到过去，我早已不想活了。我并没有求你救我。"

"那你盗取飞龙和白凰的身体密码干什么？"黑衣人问。

狄克沉默了。良久，才开口缓缓说道："这本是盖琦给我们的任务，只要我们取得白凰和飞龙的身体密码，他就答应送我们回到过去。如今，他们两个已经沉迷于拯救世界的梦想中，想当大英雄，可我不想，我只想回到过去。可如今盖琦……"

"盖琦在此处，你可知道？"

"知道。正因为如此，我才不抱希望了。"

"其实还有一个选择。"黑衣人试探着说。

"哦？说来听听。"

"我们大人也正需要白凰和飞龙的身体密码，只要控制住了这两个人，就能轻而易举地控制兽人族和人族，不必再大费周章。你知道，我们大人并不想大开杀戒。如果你能和我们合作，送你们回去这种小事自然不在话下。怎样？"

"容我想想。"

"好，不过我们大人可没多少耐心。容我再提醒一句，盖琦所剩之日已经不多了，估计送你们回去是不大可能了。"那人"好心"地提醒了一下狄克。

狄克想起来那晚在梦境中看到的盖琦的神态，知道黑衣人并没有说谎。

"好。我同意。不过，得让我亲自把东西交给黑玄。"狄克终于下定了决心。

"没问题。"

如此，便有了狄克与黑玄在实验室相遇的一幕。

黑玄沉思着，突然微微一笑，心想：哪有什么正义、道义，不过是利益的价码开得不够高罢了。只要条件合适，什么都可以交益。人类就是这样，自私、虚伪，却满口仁义道德。这几个孩子中，狄克最理性、冷静，不像朗尼和凌茜那种容易被热血冲昏大脑的蠢货，他懂得什么叫利益相关，什么叫识时务。这把赌注果然没有下错，没想到对方帮了大忙，真是解决了自己一大难题。这下，有了白凰和飞龙的身体密码，又同时拥有了魔盒和黑钻石，统治世界指日可待。

"后天是月圆之夜，我要在那时开启魔盒。立刻安排人去把冰宫收拾干净，到时候，都给我精神点，盯紧了，不许放任何人进去。不许有任何人打扰我，明白了吗？"黑玄又恢复了冷静，与刚才狂傲不羁的自己判若两人。

手下的黑衣人点了点头，随即退下。

冰宫是一座由当年地球失重时南极漂移起来的寒冰砌成的宫殿，宫内奇寒，只有黑玄这样的机器人能待下去。冰宫的墙壁十分

光滑,犹如一面面明镜,相互映照,彼此反射,普通人进入冰宫会产生错觉,而对于机器人黑玄来说,冰宫却是个能专心练功之处。魔盒和黑钻石唯有在恰当的时机和地点才能打开并最大限度地发挥功效。黑玄心中暗喜,认为天时、地利、人和齐具的好机会终于到来了。

对凌茜、朗尼、狄克,也对盖琦、白凰、飞龙、黑玄来说,这一晚注定是一个不眠之夜。

满月之夜,月光如水,淡淡地倾泻在大地上。

房中的狄克望着天空,却并没有心思欣赏这美丽的月光,反而忧心忡忡:不知道凌茜她们准备得怎么样了?黑玄相信我的话了吗?白凰和飞龙能成功吗?自己还能活着回到过去吗?

此刻,地下监狱中的盖琦正在黑暗中发愣:冰宫自然是黑玄的首选之地,而黑玄必定会在周围布置重重兵力,很难闯进去。即使闯进去,必定会在冰宫中交战,一不小心冰宫就会倒塌,大家将永远被埋藏在冰层下。还有关键的时间问题,黑玄会进入镜中吗?只有一切都毫无偏差,才能将黑玄困在幻境里。

几个人影飘过,盖琦回过神来。

原来是黑衣人前来巡视,没发现异常,转身就要离开。

“今晚是月圆之夜,天空中的星星亮吗?”盖琦问黑衣人。

“亮不亮关你什么事,我们主人快要收拾你这老东西了,你还是好好关心关心自己吧!”一个黑衣人轻蔑地说,其他黑衣人都笑起来,七嘴八舌地奚落了盖琦一顿。盖琦继续微眯着眼,仿佛没有听到黑衣人的嘲笑。

黑玄走进冰宫,身影流动在明镜一般的冰面上。他将魔盒放在冰宫中央的高台上,小心翼翼地从怀中取出黑钻石,黑钻石的光芒瞬间被吸收到魔盒中,散发出七彩之光,映照在冰壁上,仿佛天光云影在水面上浮动。黑玄将存放着白凰和飞龙身体密码的探测仪慢慢地靠近魔盒,忽然,魔盒上的符文开始朝着圆月的方向缓慢流动,随着探测仪的逐渐靠近,符号流动的速度越来越快。在面向圆月的一面,符号逐渐融合,形成太极图的形状。整个冰宫在暮色中显得晶莹剔透。月亮已经升到正空。冰宫将月光汇聚而成的亮点正逐渐靠近高台,眼看就要移到魔盒上了。

突然,冰宫外响起枪声,是白凰等人来了,黑玄早有预料,并不太在意。黑玄事先调来了机器人战士以加强保护,他相信短时间白凰和飞龙连冰宫的墙壁也摸不到。

汇聚后的光点离魔盒越来越近,只有一指的距离了。

外面枪声越来越激烈,后来竟然响起了爆炸声。冰宫的门口被炸开了,可黑玄却浑然不觉。

就差几毫米了!

这时,一个人趁乱闯了进来。

"滚出去!"黑玄目不转睛地盯着黑钻石。

不料,那人却一动不动。

"我叫你滚出去! 谁叫你进来的!"黑玄震怒了。

那人却不答,立即运气激起一面镜子,一道光闪过黑玄的眼前,刹那间冰宫微微一震。

"糟了!"黑玄心中一惊,他知道那是飞龙的千面镜。此时,月光已经照到了魔盒上,升到空中的魔盒完全打开,映出千面镜的影子。黑玄想收回黑钻石,无奈魔盒升得太高,已经够不到了。整个冰壁都变成千面镜,月光流动,流光溢彩。黑玄再看,此时哪还有魔盒和黑钻石的影子,连飞龙也早已不见踪影。他心中一急,四下寻找,却只看到镜中的千万个自己。黑玄向左动,千万个自己也跟着向左动,黑玄向右动,千万个自己也跟着向右动。此刻也顾不上魔盒了,黑玄急忙向门口跑去,瞬间千千万万个黑玄向门口跑去。

可是门却不见了。

黑玄在冰宫内乱冲乱撞,千万个自己也在乱冲乱撞。"啊!"黑玄绝望地大喊。

"啊……"千万个自己在回应。

黑玄彻底崩溃了，头昏眼花，站立不稳，一屁股瘫坐在地上。他的整个世界开始旋转，无数的记忆喷涌而来。

他看到自己经历的一遍遍的电击，一遍遍的拆卸组装，一次次撕心裂肺的疼。一眨眼，发现自己是个小孩，吃饭、上学、睡觉，还有人为自己洗衣、做饭。一眨眼，又看到飞船爆炸，记忆变成空白。再醒来之时，无数人跪伏在自己的脚下，自己已经是这个地球的统治者，正在得意之时，又是一阵电击……黑玄不停地在不同的角色中切换、挣扎，几近崩溃……

恍惚中，他看见一人从光影中走来……

"你是谁？"逆着光，黑玄微眯着眼。

"我。"那人身着实验服。

"是你，都是你，你为什么要将我制造出来，让我一遍遍地经历重生、痛苦、死亡？是你，你为什么给我注入你儿子的记忆，让我带着这个累赘，害我困在这千面镜中，生不如死？是你，你为什么让我拥有了力量、智慧、强权，让我得到了又失去？你们人类自私、可恶、虚伪至极，一个个都是尔虞我诈之徒，要不就是蝇营狗苟之辈，这群人难道不该消失吗？我要重新创造这个世界，再也没有纷争，到处是平安、和谐，每个人都安于其职。我付出了这么多，为什么人人都将我当作敌人，这是为什么？都是你的错，都是你！我不是你的儿子，你也不是我的父亲，我没有你这个父亲！你快滚！"看清楚面前这人就是当初制造自己的人，黑玄变得歇斯底里，声色俱厉。

"我承认制造你是我整个科学生涯中最大的错误。我强行扭转生命的历程，我已经自食恶果。我儿子已经彻底死了，我辛苦折腾了大半辈子，不过镜花水月，我已经醒悟了。而你，你有了我儿子的情感和记忆，但那又怎样，你能代替我儿子吗？你懂人类的情感吗？你懂那种血浓于水的亲情吗？显然，你不懂，所以你质问我。那么，黑玄，你想统治人类，你自己又是什么呢？一个机器人，一个人，还是半机器半人？你永远理解不了冰宫外那几个人冒死也要来阻止你这样做的原因，你觉得他们傻、无知、愚蠢，可他们才是真正的人类，他们的目的很单纯，他们并不将自己的意愿强加在别人身上，只是为了能够拥有自由生存的权利而抛头颅、洒热血，这就是人类几万年来一直生生不息、绵延不绝的秘密，你了解这些吗？这些人是如此，当初那些科学家也是如此，可是你都理解不了。你建设这个新世界的意义是什么？难道不是为了你自己那可怜的虚荣心么，让万人臣服，不是吗？你继承的那点人类情感，能够在你身上生根发芽的全是人性之恶。我当日种下的恶因，今日结出了恶果。今日见你如此，我将永远背负罪恶之名，在地狱之中煎熬挣扎。而你，将永远留在此地反省自己，你好自为之……"那人渐渐消失在光影里。

镜子外，飞龙站在冰宫内，看着黑玄在镜子里苦苦挣扎，他收起了千面镜，取下了魔盒和黑钻石，冰宫内恢复了平静。

"砰砰……"一阵枪响，子弹射在冰壁上，溅起一串火花，咔的一声，冰壁破裂了，裂缝迅速向四处蔓延。

"大人呢？"黑玄的人发现了飞龙，端着手枪也进来了。

"在这里！"飞龙指了指自己。接着大声喊道："白凰！"

白凰立即启动爆炸装置，将墙壁轰出一个洞口，飞龙飞身跃出，不料却中了冰宫外黑衣人的埋伏，中了一枪。"炸了它！"朗尼在外已经等候多时，见飞龙一出，立刻指挥焰尾猫发动攻击，一波火球直向着冰宫穿梭而去。

轰的一声，冰宫应声坍塌，黑玄的人被埋在了碎冰里。

"蓝翼鸟，快，封锁他们。"凌茜赶紧指挥灵兽实施封锁，蓝翼鸟迅速施展技能，将碎冰融化，又施展瞬间冷却技能，将碎冰重新压实、凝固，那群人永远被冻在了冰层之中。

"凌茜，你带着蓝翼鸟去找狄克和盖琦，这里有我、飞龙和白凰，应该能撑一会。赶紧，小心黑玄的人狗急跳墙。"朗尼一边战斗，一边向在背后作战的凌茜说道。

"知道了，坚持住。蓝翼鸟，走！"凌茜飞身跃上蓝翼鸟。

然而，战斗并没有朗尼估计得那么乐观。黑玄调来的那批机器人虽然不像黑玄那样强大，可也是刀枪不入。刚才四人奋力作战才勉强牵制住他们，让飞龙有机会潜入冰宫。而现在，凌茜一走，飞龙又受伤了，三人由于体力消耗过大，渐渐感到有些吃力。缺少了蓝豹的助攻，焰尾猫的火球很难精准定位。朗尼急忙指挥焰尾猫发动热浪攻击，阻止机器人进一步靠近，在周围形成一个安全区域，这才稍微缓解了三人的危机。然而，机器人水火不怕，驻足片刻后又开始步步逼近，焰尾猫也有些撑不住了。

正在这时，凌茜带着盖琦、狄克、杰森和马莉一起回来了。

"快把黑钻石和幻影魔盒给我，我知道怎么控制这些机器人。快！"盖琦对飞龙说。

飞龙犹豫了一下，把幻影魔盒和黑钻石扔给盖琦，大家围在盖琦身旁保护着他。终于，幻影魔盒又一次打开了，盖琦在不停地摩擦着魔盒，旋转着黑钻石。机器人的动作渐渐迟缓下来，终于停止了攻击。"快，狄克用蓝豹制造旋风，凌茜用蓝翼鸟冻住他们。"

话音刚落，蓝豹飞一般地卷起冰面上的碎冰和水，形成一个个的冰水小旋风，蓝翼鸟在空中再次发动瞬间冷却技能，终于成功将机器人冻住了。

盖琦放下魔盒，眼含热泪地看着周围的人："好了，我们脱离危险了，我们胜利了！"

然而，大家却没有心情庆祝，因为此时飞龙因流血过多，已经昏厥过去了。

十四、重返家园

"快,还得麻烦您赶紧带我们下去,飞龙伤势太重,我们在这个失重的环境中待不了多长时间了!"白凰急促地对盖琦说。

盖琦将大家带到了自己的飞船中,大家穿好制服后,盖琦便开动飞船驶向下层地球。

稍微安顿后,盖琦将黑钻石和幻影魔盒交由朗尼保管。"这次黑玄制造出这么大的灾难,我得先回去维持上层地球的秩序,收拾黑玄留下的烂摊子。等处理好了我就下来和大家共商上层地球与下层地球的事,当然还要商量一下送我们三位大英雄回家的事。虽然黑玄困在镜中,但还是希望大家不要大意,万一他扎脱出来我们就很难再制服他了。"盖琦临走之前再三嘱咐大家,带着杰森兄妹返回上层地球去了。

送走盖琦和杰森兄妹后,大家便暂时住在白凰的竹林休养生息。

数日之后,由于白凰的细心照顾,飞龙的伤已无大碍。经历过此番生死之战和劫后重生,二人回忆起当初的尔虞我诈和钩心斗角,感慨恍如隔世一般。

一日,朗尼好奇心大发,缠着飞龙非要看看千面镜里黑玄在干什么,飞龙谨遵盖琦的吩咐始终不肯拿出镜子。

"飞龙,你就满足一下我的好奇心,让我看看黑玄在千面镜里干了些什么呗!不给我看,我就让我的焰尾猫攻击你。"朗尼见飞龙不答应,竟撒起娇来。

"哎呀,飞龙哥哥,就看一小会儿,你拿得远点儿,我们保证不碰。"凌茜和狄克也十分好奇,跟着朗尼一起撒娇。

"好吧,好吧,可别乱动啊,沉住心,千万不要被吸进去了。"飞龙

只好拿出镜子。

"其实黑玄不是被千面镜困住了，而是黑钻石的时空扰乱了他仅有的记忆和情感，而他又是一个机器人，并不能自我调节控制，只能在各种时空的记忆中穿梭。千面镜只是给他提供了一个容身的地方。既然你们这么好奇，就打开给你们看看！"飞龙说着，运气激起千面镜，大家簇拥在镜前。

镜中的黑玄正端坐在冰宫里的高台上，镶嵌着黑钻石的魔盒漂浮在他的头顶，魔盒通身散发着浑浊的光，整个冰宫笼罩在诡异的气氛里。黑玄一动不动，持续了大约半个小时，五人看得都昏昏欲睡。"都给我跪下！"镜中突然传来一声大喝。镜中仍然只有黑玄一人，凌茜三人面面相觑。"他这是心魔，还处在幻象里，别担心。"飞龙解释道。

"把盖琦那个没用的废物带上来，我要让他亲眼看见这个世界最终在我的手中……你输了，输了，我保证要让你看见，哈哈哈……我赢了，现在整个世界都在我的掌控之中，哈哈哈……"黑玄已经进入了癫狂状态，单臂一挥，下令处决了盖琦。然而，黑玄并没有就此罢休，反而更加疯狂，双眸透出血红色的光，朦胧中似乎有些混沌。"把那三个小孩带上来，不，五个……本尊今日心情好……哈哈哈……知道下跪了，很好很好，我还以为你们多有骨气。狄克，谢谢你，没有你我就打不开魔盒……什么，你求我放你回家，很好，很好，我这就送你回家……"黑玄又挥了一下手臂。"现在，还有谁想回家？你？你？还是你们，你们俩想爸爸吗……想？真是父子情深啊！好，我送你们去……""现在，你们俩还想回家吗？……不想？你们说谎……虚伪，骗子……都给我去死……"黑玄不停地挥动着双臂，情绪完全失控了。"飞龙呢？白凰呢？他们哪去了……跑了，给我追……啊，我的魔盒呢？那是我的，我的，还给我……啊，我的黑钻石，我的，我的……"黑玄不停地向空中抓着什么，竟然跌落下高台，在空空的冰宫里，不停地奔跑，疫狂地用拳头击打着冰壁……镜面突然黑暗了。

"他中心魔太深了,到现在还深陷黑钻石的梦魇中,他承受不了失去的痛苦,只能在幻象中一遍遍地经历获得和失去,最终疯狂,失去自我,彻底迷失在千面镜中……"飞龙感叹道。大家都为之唏嘘感慨。

这时,镜中又亮了起来,呈现出一幅完全不同的场景:有一所房子,里面有各种各样的器材和实验设备,黑玄也在,不过他正在沉睡,旁边还多了一个人,一个白发苍苍、极度虚弱的人。"啊,那是那个科学家,制造他的那个……盖琦在梦中说过。"朗尼指着那个人惊叫起来。"小玄,小玄,怎么样? 还认得我吗?"老人温柔地摸着黑玄的脸,满眼怜爱。"原来黑玄以前叫小玄啊! 这大概是刚研制成功的时候吧。"凌茜一脸若有所悟的样子。"啊……"黑玄慢慢睁开了眼睛。"小玄,小玄,怎么样,有没有什么不适?"老人十分着急。"爸爸,我还好。"黑玄的声音依然带着机器人的特征。"我的儿啊,爸爸终于成功了,爸爸终于能再听到你说话了。"老人双泪纵横,紧紧抱住黑玄。"你终于回来了。爸爸这些年没白忙,爸爸也老了,不能再保护你了。爸爸给了你永生,给了你力量,给了你智慧,这些足够让你在这个世界上好好生存,你一定要好好的。""爸爸,我回来了,回来了……"黑玄也哽咽了,父子二人紧紧相拥。可黑玄毕竟是一个机器人,再伤感也无法流泪。镜面再次暗了下去。

父子再次相聚的场景十分感人,看得凌茜三人也颇有感触,不由得想起了自己的爸爸妈妈。"消失了这么久,爸爸妈妈一定也十分想念我们。想不到黑玄还有这样一段经历。这段父子之情……可惜了,科学家半辈子的心血,没想到最后却是这样的结局,这一定不是他希望看到的吧。只能说造化弄人,钻研了大半辈子,却忽略了机器和人之间的鸿沟。如今,黑玄待在千面镜里,唉……"朗尼止不住地感叹。

镜面又一转,一个小男孩在一个房间里陪着一个小女孩玩儿。

一个大人走进来："宣儿,看我给你带来了什么,你一直想要的小型机器人!"

"刚才那个科学家,那个科学家,我们回到了黑玄记忆里的小时候。"朗尼十分激动。

"啊,爸爸,我爱你!"黑玄跳起来给了他父亲一个大大的拥抱。

"爸爸去做饭了,你在这陪着小妹妹玩啊。哎呀,衣服都弄脏了,等会儿脱下来爸爸给你洗了啊。"

"好的,爸爸。我会小心的。"

镜面又暗了下去。

五人看完黑玄的过去和现在,都沉默了,气氛十分压抑。"今天就看到这里吧。"飞龙收起了千面镜。

"是啊,我们聊点儿别的吧。"狄克也点点头。

"我想回家了,我想我的爸爸妈妈。"身为女孩子的凌茜对刚才的场景深有感触。

"盖琦应该很快就来了,再等等吧。"白凰安慰道。

三人点点头。

盖琦回到下层地球后,和白凰、飞龙三人进行了一次郑重的会谈。经过协商,三人达成协议:允许上层地球的人根据自己的意愿,慢慢移民到下层地球来,但绝不允许任何人破坏地球上现有的生态环境,否则一经发现,将被遣返至上层地球,并且永远被禁止踏入下层地球。当然,下层地球的人如有兴趣也可以移民上去。大家要一起协作维护地球上的生态环境,解决上层地球出现的各种问题。人族和兽人族也要抛开成见,和谐相处,共同维护下层地球的生活秩序。任何人都有权利诛杀战争发起者。任何人都有权利并且也有义务拒绝参加战争。盖琦负责带领尖端科技人员帮助白凰、飞龙重新建造下层地球。协议自签订之日起生效。

自此,大家和谐地生活在地球上,愉快地劳作着,其乐融融。

凌茜三人经常带着自己的灵兽出去玩,也会时常想念自己的家人。

这天，三人正要出去，就被刚开完例行会议的盖琦、飞龙和白凰叫住了："三位大英雄快过来。"

"之前梦空间一直不稳定，我们三人不断调试。经过大家的努力，梦空间的功能已经基本恢复正常。经过改良，梦空间的开启已经十分容易。我想，现在应该随时可以送你们回去了。对了，我们还在白凰这里建造了一个新的梦空间。"盖琦给三人带来了好消息。

"终于可以回去了，太好了，要回家啦！"三人兴奋不已，但一想到要和朋友们分离，不禁又伤感起来。

"你们要去参观一下梦空间吗？"白凰见三人情绪低落，提出要带三人去看看梦空间。

一行六人来到一个碧树环绕、流水潺潺的小村落。放眼望去，村落里的房子上爬满了藤萝，开着小小的花朵，迎风摇曳，鸟语花香，环境十分幽静。白凰领着大家走进其中最大的一间屋子，屋子悬空漂浮着大大小小的镜子，镜子里面飘着一团一团的云彩，仿若仙境。

飞龙走近最大的一面镜子，掏出千面镜运气将其激起。房间的所有镜子仿佛感应到了千面镜的召唤，全都转向千面镜，紧紧围绕在它周围，彼此交流着，每一张镜面上都漾起一圈圈波纹。

"从这可以直接回去吗？"狄克问道。

"当然可以。这可是我们三个人的杰作。我们对梦空间进行了改良，借助飞龙的千面镜、白凰的太极图，再加上魔盒和黑钻石，我们已经有足够的能力开启梦空间了，再也不用等到月圆之夜了。只要你们想走，现在就可以返回你们的时空。"盖琦自信地说。

"那我们还能再见面吗？"

"很遗憾，恐怕不能。你们那个时空并没有这么强大的力量。你们能够穿越到未来时空，纯属偶然。我们这边有叛徒偷偷携带魔盒和黑钻石到了你们的时空，企图干扰过去以改变未来。失去了魔盒和黑钻石，梦空间开始剧烈震荡，变得十分不稳定。我们派了很

多人手从破碎的梦空间穿越到过去,寻找被偷走的魔盒和黑钻石,结果取回的魔盒和黑钻石都是赝品。我们派人穿越到不同的时空,而杰森也是其中一人,没想到他遇到了你们。当时杰森已经探知黑钻石在你们手中,本想利用旋涡困住你们,没想到却让你们阴差阳错地找到了魔盒,还发现了太极石,当晚恰逢月圆之夜,你们碰巧开启了梦空间,才穿越到现在。杰森能跟在你们后面回来,也算是幸运吧。当时黑玄胁迫我去盗取飞龙和白凰二人的身体密码,也是想要打开梦空间。再后来的事,你们也都亲身经历过了。不过,黑玄并不知道在月圆之时,没有飞龙和白凰也能开启梦空间,他一直蒙在鼓里,也为我们争取了更多的时间。大概就是如此吧。"盖琦向三人诉说了事情的来龙去脉。

"原来如此。"三人连连惊叹,"我们误打误撞居然得到了黑钻石和魔盒,又穿越到这里,经历这么一场奇遇。而黑玄算尽一切,却在最后时刻功败垂成。真是造化弄人,冥冥之中或许自有天意吧。"

"对了,盖琦,我能不能提一个小小的要求?"朗尼向着盖琦撒起娇来。

"当然可以了,大英雄。"

"我们也不奢望得到什么。只是,这三只灵兽连日来跟着我们一起出生入死,早已感情深厚。能不能让我们将他们带回过去?好不好?"凌茜和狄克跟着直点头,满脸期待地望着盖琦。

"这?当然可以。不过,它们一旦回到过去,缺少现在地球的能量场,灵力就会消失,只能生存在你们的戒指中。它们在戒指中只是进入了沉睡状态,这点可以不用担心。它们能听到你们的话,只是无法回应。唯有月圆之夜,借助满月之力,才可以脱离戒指,化作普通动物,而且在天亮前必须回到戒指中。你们可要想好。"

"啊,我不想把焰尾猫困在戒指里,我也不想离开它。怎么办?"朗尼摸着戒指,召唤出焰尾猫,抱在怀里依依不舍。

"要不然,我们问问它们的意见吧?"狄克提议道。

"好。"凌茜赶紧双手合十，召唤出蓝翼鸟。狄克也召唤出蓝豹。

"蓝翼鸟，蓝豹，焰尾猫，刚才的话你们都听见了吗？虽然我们很舍不得你们，也想带你们回去，可是长时间居住在戒指中，对你们也是一种折磨。我们无法决定，所以由你们来决定是去是留，无论结果如何，我们……"凌茜摸着三只灵宠的头，十分温柔。

还没等凌茜说完，焰尾猫就舔了舔朗尼的脸，"喵呜"叫一声，一道光影一闪而过进入了朗尼的戒指。蓝豹和蓝翼鸟也随之进入了各自主人的戒指。

"看来它们已经做出了选择。既然如此，那就让它们随你们去吧。"盖琦见状说道。

"今晚咱们再好好相聚一次，明天就送你们走吧。"白凰提议道。

当夜，好酒好菜，欢歌笑语，连杰森和马莉也赶来为三人送行。三人将灵兽也召唤出来，共享这团聚的一夜。酒尽人散，夜已深。凌茜、朗尼和狄克拥着自己的灵兽，睡在竹屋里。皓月当空，月光如水，洒向屋内，也将思乡之情洒向三人的心扉。

"朗尼，你睡了吗？"狄克轻声问道，没有回应。

"狄克，你还没睡吗？"凌茜问道。

"没。"

"狄克，你激动吗？"

"嗯。"

"你说，我们是在梦中吗？"

良久，才传来狄克的声音："我不知道……或许吧。"

夜，安静极了……

第二天，大家结伴来到梦空间，彼此相拥告别。

在无数镜子的环绕之下，白凰用功力将太极图托举到空中，盖琦取出魔盒和黑钻石，郑重地将黑钻石嵌入魔盒。魔盒开始上升，盒上的符文开始流动，发出耀眼的光，光芒照射在太极图上，太极图

开始缓缓转动。飞龙见状,立刻用功力激起千面镜,镜面闪耀,呈现出万千世界,凌茜、朗尼、狄克在里面行走、奔跑、哭泣、欢笑……其他镜子瞬间调整方向,围绕着黑钻石和千面镜不停地旋转,速度越来越快,竟然形成了小旋风,黑钻被围在中央,丝毫不见其光。经过重重反射,无数光线汇聚成一道巨大的光柱,正好照在太极图上。旋风的中央出现了豆大的黑点,渐渐黑点越来越大……

"快,站在黑钻石下面。"盖琦急忙指挥三人。

太极图的黑洞增大到盘子大小之后便再没有变大,三人站在旋风中心,由于风力巨大,眼口难开,难以站稳,可是完全没有被吸入太极图的趋势……

"能量不够,快注入自己的功力……"三人听到盖琦在大喊。

风力陡然上升了好几个级别,三人顷刻间被卷进了一个强大的龙卷风中,旋转、摇摆、失重、尖叫、眩晕……

"嘭,嘭,嘭……""啊,救命啊,啊……"三人的头被什么东西撞了一下,一阵剧痛。三人睁开眼,发现他们正在飞机上。飞机正在剧烈波动,周围的人叫喊声不断。飞机还在持续颠簸,三人紧紧握住扶手。

"各位乘客,受航路气流的影响,飞机有较为明显的颠簸。请您在座位上坐好,系好安全带。洗手间将暂停使用,感谢您的配合。"机舱里响起播音员的通知。

飞机又持续抖动了好几分钟后,终于平稳下来。

"真的是一场梦啊!"朗尼发出感叹,言语间不无遗憾。

"你说什么?"旁边的凌茜十分激动,一把抓住了朗尼的胳膊。

朗尼以为凌茜忘记了三人经历的穿越之旅,正要解释,突然看见凌茜手上的戒指。

"啊,你的戒指……"

"啊,你也有……"

"狄克,你也有……"

后记

写这部小说，纯属偶然。我从小喜欢阅读探险类的书籍，凡是情节惊险的、刺激的，想象力天马行空的，语言幽默搞笑的，或者漫画类的书，我都喜欢读。偶然的一次机会我有幸认识了岛城名师——刘佳佳老师，在他的鼓励下我开始了《时空之门》的创作。

2013年我读小学六年级的时候开始了这部小说的创作，最初的创作激情持续了没多久，我便发现自己的想象力有些枯竭，事情没有我原来以为的那么简单。感谢我的爸爸妈妈，在六年级的寒假带我去泰国自由行，让我继续我的万里路之行。我们坐过在曼谷所住酒店的免费游船；和泰国当地人一起坐过付费的公共交通船；坐过曼谷的地面轻轨；从曼谷市中心静坐的人群旁漫步过；逛过曼谷的大型百货商店；吃过普吉岛路边摊的超级好吃的香蕉饼；在普吉岛浮潜过；在普吉岛的酒店泳池中懒懒地泡过……于是便有了小说中的泰国行。放松的旅游生活给了我无尽的灵感！

小学毕业后的暑假是一个长长的假期，我每天都会弹弹钢琴，跑跑步，看看书，还参加了一个夏令营，跟着妈妈去杭州参加了她的同学聚会，又跟随爸爸妈妈飞到美国体验了长达20天的惬意的自驾之旅，整个暑假过得愉快而充实，小说的创作也开始如泉涌一般，每天都要写一段。

及至入读青大附中，功课开始繁忙起来，只能挤用周末的时间来断断续续地创作，我终于在初二的第一学期完成了初稿。

初二的暑假，就是2016年的暑假，天气特别的热。旅游和学习之余，在妈妈的鼓励下，我为拙作手绘了几幅插图。

感谢我小学就读的青岛新世纪学校的老师们，是他们的陪伴给了我非常愉快、丰富多彩的小学生活。要特别感谢我小学的美术老

师——马长伦老师,是她教我画画,带我参加各种美术、建模比赛,并最终获得各类奖项。还要特别感谢我小学的体育老师们,是他们发现了我的短跑和跨栏特长,辛勤培育我,让我有机会代表市南区参加青岛市第三届城市运动会,为市南区争得荣誉。

感谢刘佳佳老师给我的帮助和指导;感谢爸爸妈妈的悉心培育;感谢青大附中我的班主任王聪老师和其他任课老师们给我的鞭策和鼓励;感谢青大附中的张凤瑛校长和已经调任青岛银海学校国际部小学、初中校长的刘佳佳老师在百忙之中为我的拙作写序;感谢我的小学同学们和初中同窗们,永远难忘我们一起成长的每一天!

还要感谢海大出版社的编辑叔叔阿姨们,感谢你们对我的稚嫩文字和天马行空的想象力给予欣赏与肯定!

赵昱琪
2016 年 10 月